La mariée de Bellwether

Monique X
JJ.

DONNA ALWARD

La mariée de Bellwether

Traduction française de
FRÉDÉRIQUE LALLEMENT

AZUR

HARLEQUIN

Collection : Azur

Titre original :
THE BILLIONAIRE'S ISLAND BRIDE

HARPERCOLLINS FRANCE
83-85, boulevard Vincent-Auriol, 75646 PARIS CEDEX 13
Service Lectrices — Tél. : 01 45 82 47 47 - www.harlequin.fr
ISBN 978-2-2804-8145-8 — ISSN 0993-4448

Composé et édité par HarperCollins France.
Imprimé en décembre 2022 par CPI Black Print (Barcelone)
en utilisant 100% d'électricité renouvelable.
Dépôt légal : janvier 2023.

FSC
www.fsc.org
MIXTE
Papier issu de sources responsables
FSC® C159065

Pour limiter l'empreinte environnementale de ses livres, HarperCollins France s'engage à n'utiliser que du papier fabriqué à partir de bois provenant de forêts gérées durablement et de manière responsable.

1.

Debout au bord de la falaise, Brooklyn Graves admirait l'océan lorsque le ronronnement d'un moteur d'hélicoptère lui fit lever la tête. Elle écarta de ses yeux les cheveux qui lui balayaient le visage avant de mettre une main en visière pour l'observer. Le grand appareil rouge et blanc contourna la pointe de l'île puis se dirigea vers le manoir et son héliport.

Un hélicoptère ! Quelle arrivée ostentatoire. M. Cole Abbott, le nouveau propriétaire, devait avoir une sacrée fortune pour s'offrir une île. Et un ego en proportion ! Cet homme était probablement tel qu'elle l'avait imaginé après avoir vu le ballet incessant de livraisons et d'ouvriers chargés de la rénovation au cours de la semaine précédente.

Le bruit du moteur s'estompa, remplacé par celui des vagues qui se fracassaient contre les rochers au bas de la falaise. Brooklyn soupira. Elle savait que ce moment viendrait. Ernest Chetwynd avait fini par vendre sa part de l'île Bellwether, et cet Américain l'avait achetée. Bien que ne possédant pas d'hélicoptère, Ernest avait fait construire un héliport sur sa propriété car il louait un appareil en cas de besoin. Ce qu'il avait fait une fois pour lui offrir, en cadeau d'anniversaire, le survol de la côte sud de Nouvelle-Écosse.

Après le décès de sa femme, Marietta, Ernest se sentait très seul à quatre-vingts ans dans le manoir autrefois rempli d'animation. Il avait donc préféré se rapprocher de ses enfants et petits-enfants, mais avait confié l'entretien de la maison à une gouvernante qui venait chaque semaine du continent, et celui des jardins à Brooklyn. Jusqu'au dernier moment, Brooklyn avait espéré le voir rester, ou qu'un de ses enfants reprenne la propriété. Mais l'isolement et l'entretien trop important n'en avaient tenté aucun.

Tant qu'Ernest était le propriétaire, Brooklyn se sentait en sécurité sur sa petite partie de l'île située à la pointe sud. Sur les six hectares hérités quelques années auparavant de sa grand-mère, elle trouvait paix, solitude et une extraordinaire atmosphère où travailler. Son petit bateau lui permettait de rejoindre le continent régulièrement pour son ravitaillement et rendre visite à ses amies. Bellwether avait toujours été son refuge.

Dans son enfance, Brooklyn passait toutes ses vacances sur l'île. Elle se baignait, courait sur la plage, lisait pendant des heures dans un hamac, ou aidait sa grand-mère dans le jardin ou en cuisine pendant que son grand-père pêchait. Ses meilleurs souvenirs étaient liés à ses séjours. C'est pour cette raison que, lorsqu'un événement traumatisant avait fait basculer sa vie, elle était revenue panser ses plaies dans le lieu où elle avait été heureuse et en sécurité. Et elle y était restée.

À présent, son existence paisible était menacée car, le jour même où Cole Abbott avait pris possession de sa propriété une semaine auparavant, elle avait reçu de son avocat une proposition de rachat de la sienne.

Brooklyn l'avait rejetée sur-le-champ. À vrai dire, elle ne pensait pas voir ce monsieur Abbott rester plus de quelques mois. En dépit du splendide manoir et de la beauté de Bellwether, la vie sur l'île n'était pas facile. Il était impossible de faire un saut dans une épicerie pour un produit urgent. Prévoir un dîner sur le continent nécessitait de prendre en compte le temps et les horaires de marées. Et, l'hiver venu, on pouvait être isolé des semaines d'affilée. Elle avait parié que dès janvier il aurait plié bagage, et qu'elle n'aurait plus à supporter sa présence que quelques mois par an. Ce milliardaire se lasserait vite de son nouveau jouet.

Elle retrouverait alors sa vie tranquille. Le tout était de patienter.

Rassérénée, Brooklyn repartit vers sa maison plus que centenaire et s'arrêta dans le potager à l'arrière. En cette mi-septembre, le jardin était presque prêt pour l'hiver. L'été avait été beau. Un peu sec peut-être, mais avec suffisamment de pluie pour remplir ses réservoirs d'eau au cas où Mère Nature avait besoin d'aide.

Cole sauta au sol, attrapa son sac de voyage, fit un signe d'adieu au pilote puis marcha vers le manoir. Il atteignait le jardin arrière lorsque l'appareil s'éleva et partit en direction de la presqu'île de la Nouvelle-Écosse.

Il était enfin chez lui.

Les travaux de rénovation étant terminés, tout serait prêt pour début octobre, date de sa première retraite pour cadres d'entreprise. Les vice-présidents d'Abbott Industries auraient quatre jours pour se reposer et se ressourcer tout en partageant leurs idées de travail dans un contexte informel.

Pendant cette retraite au calme, son équipe jouirait de repas d'exception, d'un gymnase, de jacuzzi et du bruit de l'océan comme antidote à la vie sous haute pression que tous menaient. Cela leur éviterait un burn-out et leur rappellerait pourquoi ils aimaient leur carrière.

Cole regretta de ne pas avoir bénéficié d'une telle initiative au cours des mois précédents.

Décidé à profiter au maximum de l'instant, il déposa son sac dans l'entrée et descendit sur la plage. L'air étant encore chaud pour septembre, il ôta chaussures et chaussettes et traversa l'étendue de sable blanc jusqu'à l'océan. L'eau lui recouvrit aussitôt les orteils. Dieu qu'elle était froide ! Mais il n'en avait cure. Il inclina la tête en arrière pour offrir son visage au vent et respira profondément l'air iodé.

Quelle chance que son meilleur ami Jeremy lui ait trouvé cette propriété !

Tout en appréciant son bien-être, Cole songea à la période difficile qu'il avait traversée. Un an auparavant, il s'était brusquement trouvé dans une situation de détresse qui l'avait paniqué. Il ne voulait pas mourir comme son père à cinquante et un ans – ni même à trente-cinq – d'une crise cardiaque due à un burn-out. Il travaillait beaucoup et se divertissait avec la même ardeur, à l'époque. Comme le disaient Branson et Jeremy, il ne faisait pas les choses à moitié. La réalité l'avait alors frappé. La réussite n'était pas essentielle. L'important était de vivre.

Cole arpenta la plage un moment avant de rejoindre le manoir. C'était une luxueuse bâtisse de mille deux cents mètres carrés, imposante pour un seul homme. Sur le côté se trouvait un garage destiné à abriter les voiturettes de golf qui permettaient de se déplacer dans l'île, le matériel d'entretien, un tracteur de tonte et une souffleuse à neige. Une tempête en plein hiver devait être impressionnante ici, heureusement que la maison était confortable et bien chauffée.

Rester à Bellwether à longueur d'année lui était impossible. L'âge de la retraite était loin, il dirigeait l'empire d'entreprises de production de son père et avait besoin de défis permanents, mais il avait appris à déléguer certaines responsabilités. Il espérait donc passer quatre mois par an sur l'île pour se ressourcer et superviser les retraites pour cadres, et le reste à Manhattan, au siège d'Abbott Industries.

Cole venait de s'installer dans sa chambre, une grande suite dont les fenêtres donnaient sur la plage et le bas de l'île lorsqu'il aperçut par-dessus les arbres le toit de la ferme où vivait Brooklyn Graves, celle-là même qui refusait de lui vendre sa parcelle de terrain. C'était ennuyeux car ils partageaient l'accès au port situé en bordure de la propriété de cette femme, et elle possédait le hangar à bateaux dans lequel elle autorisait son précédent voisin à garer ses voiturettes de golf. De plus, le couple de gardiens qu'il avait engagé vivait actuellement au-dessus de son garage et serait beaucoup plus à l'aise s'il habitait la ferme.

Que diable pouvait bien faire cette femme toute l'année seule sur l'île ?

D'après Jeremy, elle dirigeait depuis sa maison une petite entreprise artisanale – de tricot ou autre activité féminine, pensait-il – et sa famille vivait depuis plusieurs générations sur Bellwether. Il s'agissait probablement d'une vieille fille trop entêtée pour partir. Cole allait donc devoir user de tout son charme et de toute sa force de persuasion pour la convaincre de lui céder sa propriété.

Il jugea alors judicieux de lui rendre immédiatement une visite courtoise de bon voisinage – sans mentionner pour l'instant son désir de rachat. Plus il attendait, plus il risquait d'être fraîchement accueilli.

Fort de cette décision, Cole partit. En traversant son jardin, il admira la manière dont il était entretenu. De nombreuses fleurs coloraient encore ses massifs et la pelouse était impeccablement tondue. Il entra ensuite dans une petite forêt. La plupart des arbres étaient des espèces à feuillage persistant, mais il remarqua quelques érables et bouleaux. Les premiers étaient encore d'un vert éclatant, mais les seconds avaient déjà leurs feuilles automnales. Plus loin, le chemin serpentait entre des prés aux épaisses touffes de verge d'or et d'asters sauvages parmi l'herbe. Ce fut en fait une promenade très agréable.

Une quinzaine de minutes plus tard, Cole arriva en vue de la ferme. Il observa un instant la vieille bâtisse. Elle n'avait rien d'exceptionnel mais était bien entretenue et d'aspect accueillant avec sa façade peinte en blanc et sa terrasse couverte où se trouvaient deux fauteuils et de nombreux pots de fleurs. Elle était digne de figurer sur une carte postale intemporelle vantant les charmes de la vie champêtre. Il manquait seulement…

À ce point de ses réflexions, un aboiement précéda l'arrivée d'un golden retriever qui déboucha d'un coin de la maison avant de se précipiter droit sur lui. Il ne manquait donc pas de chien ! Cole retint un sourire narquois face à cette atmosphère si parfaite, et se baissa aussitôt pour caresser l'animal qui venait de se mettre sur le dos pour lui présenter son ventre.

— Dieu que tu es beau !

Il avait toujours adoré les chiens – et souffert de ne pouvoir en avoir un. Ils étaient si spontanés, si purs, sans arrière-pensées. À l'inverse de lui…

— Marvin, au pied !

Au son de la voix de sa maîtresse, le chien bondit et trottina vers elle en balançant sa longue queue tandis que Cole se redressait. D'un coup, toutes les phrases d'approche préparées en chemin lui sortirent de l'esprit. La vieille fille d'âge moyen qu'il avait imaginée se révélait être une trentenaire à l'abondante chevelure blond doré, vêtue d'un jean moulant et d'un pull ajusté qui soulignaient sa silhouette parfaite.

Serait-ce Brooklyn Graves ?

— Vous êtes monsieur Abbott, j'imagine.

Réalisant alors qu'il se tenait devant elle sans parler, il s'avança et lui tendit la main.

— En effet, Cole Abbott. Je suis heureux de faire enfin votre connaissance.

Plus qu'heureux, émerveillé !

Elle lui serra la main sans sourire. De près, il remarqua de minuscules taches de rousseur sur l'arête de son nez et le bleu-vert très clair de ses yeux.

— Que puis-je pour vous, monsieur Abbott ? demanda-t-elle en reculant d'un pas.

Son sourire chaleureux ne réussit pas à la dérider.

— S'il vous plaît, appelez-moi Cole. Nous sommes voisins après tout.

— Je sais que vous aimeriez changer cela. Aussi, je vais

être très claire. Je n'ai pas l'intention de vous vendre la maison ou mes hectares.

— Je le sais, mon avocat m'a déjà transmis votre réponse. J'étais simplement venu me présenter. Sur une île si petite, il est préférable d'entretenir des rapports courtois.

— Si vous m'assurez que vous abandonnez l'idée de racheter ma propriété, nous pourrons être d'excellents amis.

Elle pointa alors un doigt vers le sol, et Marvin s'assit à ses pieds, l'image même de la loyauté et de l'obéissance.

Cole réfléchit très vite. Il ne pouvait pas lui mentir. D'abord car il la suspectait d'avoir déjà deviné l'intention sous-jacente à sa visite. Ensuite parce que mentir se retournait toujours contre soi. Aussi délaissa-t-il son attitude trop amicale au profit d'un ton plus professionnel.

— Je vais être franc. J'aimerais vraiment l'acheter et suis prêt à vous faire une offre plus importante afin de vous permettre de vous installer là où vous le désirez.

Son offre initiale de trois cent cinquante mille dollars était raisonnable si l'on considérait les rénovations incontournables à faire dans une maison de cet âge et le travail nécessaire pour améliorer le port, mais l'augmenter ne le dérangeait pas.

— Iriez-vous jusqu'à un million ?

Elle scrutait son visage d'un regard perçant, mais Cole était dans les affaires depuis suffisamment longtemps pour savoir dissimuler ses réactions. Une chance, car il avait failli sourire. Il avait payé sept millions le reste de l'île pour environ six fois plus de terrain, ce qui était déjà une affaire en or vu la valeur seule du luxueux manoir. La somme énoncée n'était pas donc excessive. Jeremy avait eu raison de lui conseiller une première offre basse ; voir sa surenchère acceptée allait ravir Brooklyn Graves. Si cela suffisait à la jeune femme à faire signer le contrat, il était heureux de lui accorder ce plaisir. Impassible, il répondit :

— Oui. Je suis d'accord pour un million.

Elle le regarda un long moment en silence avant d'annoncer :

— Hélas pour vous, ça ne se fera pas.

Tournant alors les talons, elle lança :

— Allez, viens, Marvin.

Le chien la suivit. Cole resta planté devant la maison, sidéré, tandis que tous deux disparaissaient à l'intérieur.

Mlle Graves venait de remporter la première manche, mais Cole n'avait pas dit son dernier mot. Il avait l'habitude d'obtenir ce qu'il voulait.

Il s'agissait simplement d'un nouveau défi.

2.

Assise dans son fauteuil préféré, Brooklyn tricotait. Le modèle du châle était simple mais stylé, et la laine incroyablement douce et chaude. Et cette fois, il n'était pas pour la vente. Il lui était destiné.

Le bruit régulier des aiguilles la réconfortait, or elle en avait grand besoin après sa discussion de la veille avec Cole Abbott. En rentrant, elle s'était mise à trembler pendant de longues minutes. La confrontation n'était pas son fort. Elle savait se montrer forte, mais cela lui avait coûté, avait épuisé son énergie et lui avait presque provoqué une attaque de panique. Marvin était resté assis à ses pieds, la tête posée sur les genoux de sa maîtresse, toujours là dans ses moments d'angoisse. Bien que n'étant pas un animal de thérapie, ce fidèle compagnon en avait toutes les qualités. Malgré la présence de son chien, Brooklyn se sentait parfois seule sur l'île sur laquelle elle s'était réfugiée pour fuir les gens et guérir. Mais il y avait pire que la solitude, elle l'avait appris à ses dépens. À Bellwether au moins, elle était à l'abri des mauvaises surprises.

Enfin, presque. Jusque-là, la coexistence avec Ernest et sa nombreuse famille ne lui avait posé aucun problème. Les savoir proches l'avait même rassurée. Brooklyn n'était pas certaine de pouvoir en dire autant avec Cole Abbott, car sa présence menaçait la vie tranquille qu'elle s'était créée.

Aller sur le continent le lendemain serait une bonne idée. Elle avait des courses à faire et en profiterait pour passer un moment avec Delilah et Jen, les deux sœurs qui géraient la boutique de laine et d'artisanat de Liverpool. En plus de lui changer les idées, cela l'aiderait à prendre patience. Monsieur le Citadin friqué ne resterait pas éternellement sur l'île. Lui parti, elle retrouverait sa vie.

Le lendemain, le brouillard matinal se leva à 10 heures. Le soleil de septembre réchauffa vite l'atmosphère. Brooklyn mit la laisse de Marvin dans son sac, prit cinq colis prêts à être expédiés aux clientes de son site, puis quitta sa maison. Au moment de descendre vers le port, elle se figea. Un second bateau était amarré, et Cole Abbott se tenait sur le ponton en compagnie d'un inconnu en train de prendre des photos. Le nouveau résident avait certes le droit d'utiliser le port, simplement elle ne s'était pas attendue à le voir, surtout en jean délavé et sweat-shirt. En fait, il n'était pas déplaisant dans cette tenue, il avait l'air… normal, plus du tout d'un riche citadin égaré hors de son habitat naturel.

Dès qu'il la vit, il sourit et lui fit un signe de la main.

— Bonjour, mademoiselle Graves.

Brooklyn répondit à son salut tout en regrettant de n'avoir pas tenu Marvin en laisse car, au son amical de la voix de Cole, le chien se précipita vers lui pour un nouveau quota de caresses.

Le traître !

— Marvin, au pied.

Le chien n'obéissant pas, elle rejoignit Cole Abbott, décidée à se montrer aimable après leur première rencontre tendue. Établir un climat de paix ne signifiait pas qu'elle avait changé d'avis. D'autre part elle était curieuse d'apprendre ce que l'inconnu faisait là.

— Vous le gâtez.

— C'est difficile de lui résister. Il est si gentil.

Son ton contenait une légère insinuation. S'il jugeait Marvin plus gentil qu'elle, il avait raison !

— Y a-t-il un problème ? demanda-t-elle en indiquant l'homme qui à présent prenait des notes au bout du ponton.

Cole le héla aussitôt.

— Mike ! Venez faire la connaissance de Brooklyn Graves. Ma voisine insulaire.

Ledit Mike s'approcha pour lui serrer la main.

— Heureux de vous rencontrer.

— Mike est venu évaluer les réparations et modifications à apporter afin que le port soit mieux adapté à mes besoins.

Le pouls de Brooklyn s'emballa. D'accord, le ponton était vieux, mais il était solide.

— Quel type de besoins ?

— Il doit pouvoir recevoir des bateaux plus importants que le vôtre. Aussi ai-je demandé à Mike de le prolonger et de le renforcer.

Trop stupéfiée – et à vrai dire un peu amusée – par son audace pour être en colère, elle se contenta de préciser.

— Nous partageons ce port, vous vous en souvenez, n'est-ce pas ?

Cole lui adressa un nouveau sourire charmeur.

— Oui, bien sûr. Mike ne verra aucun inconvénient à partager la facture entre nous deux, j'en suis certain.

Quoi ? Comment était-elle censée payer de tels frais ? Son inquiétude et sa panique initiales laissèrent vite place à l'indignation.

— Vous ne pouvez pas prendre une telle décision sans me consulter au préalable.

Réagissant à son ton sec, Marvin abandonna Cole pour s'asseoir aux pieds de sa maîtresse pendant que Mike s'éloignait discrètement.

— Je pourrais évidemment prendre en charge l'intégralité des frais si…

Brooklyn serra les dents, calcula en un éclair le pourcentage de répartition des coûts, évalua ses revenus et le montant de son épargne avant de laisser éclater sa colère :

— Si j'accepte de vendre, c'est ça ? Parce que je refuse, vous voulez me conduire à la ruine avec vos travaux fantaisistes ? Dois-je consulter mon avocat à ce sujet, monsieur Abbott ?

Elle était pratiquement certaine qu'il ne pouvait engager de frais sans son accord écrit, mais il allait visiblement la forcer à payer des honoraires pour s'en assurer. Son sang ne fit qu'un tour. Pourquoi diable les riches de ce monde arrivaient-ils toujours à leurs fins et vous écrasaient-ils de leur puissance ?

— Écoutez, mademoiselle Graves…

— Évitez ce ton condescendant, *monsieur* Abbott ! l'interrompit-elle sèchement. Je ne vous vendrai pas ma propriété pour un million, ni même deux. Mes arrière-grands-parents ont été les premiers habitants de cette île. Mon aïeul y était pêcheur comme son père avant lui. Mes grands-parents ont pris leur suite et élevé cinq enfants ici. J'y ai passé tous les étés depuis mon premier âge, et je la connais mieux que vous ne la connaîtrez jamais. Ma famille ne possède certes plus Bellwether en totalité, mais je conserverai la partie qui m'appartient. Je ne vous la céderai pas !

Ses mains s'étant mises à trembler, Brooklyn serra plus fort son paquet de colis et agrippa la bandoulière de son sac tout en foudroyant du regard le maudit citadin.

— Bien noté, répliqua-t-il calmement.

— Maintenant, si vous voulez bien m'excuser, je vais prendre *mon* bateau pour aller sur le continent. Viens, Marvin.

Cette fois, le chien obéit sur-le-champ.

Brooklyn partit d'un pas assuré, et tous deux montèrent à bord. Une fois les amarres larguées et le moteur lancé, elle put enfin relâcher la tension accumulée dans ses épaules et prendre quelques profondes respirations pour se calmer.

C'était bon. Elle ne craignait rien. Cet homme n'était pas armé. Il fallut toutefois un certain temps à son corps pour surmonter sa réaction viscérale face au danger.

Lorsqu'elle tourna la tête, le port n'était plus en vue ni aucun des deux hommes. C'était comme si rien n'était arrivé.

Cole Abbott n'avait pas menacé sa personne, il avait menacé son sentiment de sécurité si difficilement obtenu. Ce n'était pas aussi terrifiant qu'une agression, mais l'idée de voir sa vie changer était effrayante.

Combien de fois allait-elle devoir repartir de zéro ? Elle ne s'était peut-être pas suffisamment défendue la première fois, mais dorénavant elle combattrait bec et ongles pour préserver ce qui lui tenait à cœur. Et si cela signifiait ponctionner ses maigres économies pour consulter un avocat, eh bien, elle le ferait.

En fin d'après-midi, Cole, qui était allé à son tour sur le continent, s'arrêta chez son ami Jeremy Fisher. Ils buvaient un café dans la cuisine lorsque des cris s'élevèrent du babyphone. Sa femme, Tori, étant partie faire des courses, Jeremy monta chercher leur petite Rose. Leur couple était un modèle de bonheur. L'autre très bon ami de Cole, Branson Black, était à New York en train de préparer sa maison à la vente et filait le parfait amour avec l'artiste Jessica Blundon, rencontrée en début d'été. Quant à lui, sa vie amoureuse était inexistante, ce qui lui convenait parfaitement. Du moins pour le moment. Il avait trop à faire pour consacrer du temps à une relation. Même une superficielle. Et de toute manière, il ignorait s'il était capable d'en avoir une d'un autre type. Il n'avait pas eu d'exemple familial éblouissant sur ce plan.

Son ami revenu avec sa fille juste réveillée de sa sieste, Cole le regarda préparer le biberon. Il ne s'était pas encore habitué à voir Jeremy si bien établi dans la vie domestique. Encore contrarié de la tournure qu'avait prise sa rencontre avec Brooklyn, il décida de se confier, pendant que Rose tétait.

— Elle t'a menacé d'aller consulter son avocat ?

— Oui. Dans la mesure où les modifications du ponton

étaient pour mon bénéfice personnel, je comptais en assumer les frais. Hélas j'ai eu le tort de plaisanter. Elle ne l'a pas compris et s'est emballée ; la discussion a dégénéré. En fait, je lui avais rendu une visite de courtoisie hier mais, perturbée par mon offre d'achat, elle m'avait pratiquement claqué la porte au nez. Et ce matin elle m'a annoncé qu'elle ne vendrait pas, même pour deux millions de dollars.

Jeremy éclata de rire.

— Eh bien, c'est son foyer. Visiblement elle y est très attachée. Pourquoi tiens-tu tellement à son terrain ? Il y a la place pour deux sur cette île et, de toute manière, tu n'y seras pas toute l'année.

— Pour être franc, elle a titillé mon ego. Me voir refuser quelque chose me pousse à tout mettre en œuvre pour l'obtenir. J'aime relever les défis.

— Quelle remarquable connaissance de toi-même. Je ne m'étais jamais rendu compte que tu étais si compétitif pendant nos études.

— Tu n'as pas perdu ton talent pour le sarcasme, à ce que je vois. Une précision cependant : la compétitivité peut être une force dans certaines situations. C'est drôle, mais cette fille n'est pas du tout telle que je l'imaginais.

— Comment ça ?

— Tu m'avais dit qu'elle avait une petite entreprise, faisait du tricot ou une sorte d'artisanat. Je ne m'attendais pas à une personne aussi jeune, jolie et…

Cole ne sut comment terminer sa phrase. En vérité, aussi enrageantes qu'aient été leurs deux conversations, elles l'avaient dynamisé.

— Jolie, tiens donc ! s'esclaffa Jeremy.

— C'est ça, fiche-toi de moi. Pour être exact, elle est très belle. De magnifiques cheveux, un regard profond et lumineux. Très bien roulée. Mais il y a autre chose. Brooklyn est une forte femme. Elle doit l'être pour vivre seule sur cette île. Bellwether n'est pas très éloignée du continent, mais on y est loin de tout et carrément coupé de la vie par gros temps. Elle a sauté dans son bateau et est partie vers le large avec autant d'aisance que si elle avait pris le volant d'une voiture pour aller faire des courses.

— Ah, je comprends mieux. Une femme capable, indépendante et qui n'a nul besoin d'être secourue. Intéressant...

— Arrête, Jeremy, lança Cole en riant.

Bizarrement, une plaisanterie de son meilleur ami avait le don de donner au monde une apparence plus légère.

Rose ayant terminé son biberon, son père fit quelques pas dans la cuisine en lui tapotant le dos. Cole le regardait, admirant la facilité avec laquelle son ami s'était glissé dans son rôle de parent. Lui-même n'était pas doué avec les bébés. Il dut cependant reconnaître que Rose était mignonne.

— Quelle est ta stratégie maintenant ? demanda Jeremy en se rasseyant face à lui.

— Je ne sais pas. Le mieux serait peut-être d'aller m'excuser.

— N'y va pas les mains vides. Apporte-lui une bouteille de vin, des gâteaux ou autre. À toi de voir.

— Excellente suggestion.

— Tu es sûr que cette fille ne t'intéresse pas ? demanda Jeremy tout en essuyant la bouche de Rose. Et au fait, à quand remonte ton dernier rendez-vous galant ?

Le sourire de Cole s'évanouit. Il datait d'un an, juste avant que son monde s'écroule.

Personne cependant n'était au courant. Il était plutôt bien parvenu à le cacher. Feindre était une seconde nature chez lui. Même Branson et Jeremy ignoraient l'étendue du problème.

— Ça fait pas mal de temps. Mais entamer une relation sur place serait compliqué, tu ne crois pas ? Comme tu le sais, je ne serai ici qu'une partie de l'année car je dois diriger Abbott Industries.

Cela nécessitait d'être à New York, pas de passer son temps sur une île de l'Atlantique, au large des côtes de Nouvelle-

Écosse. Bellwether était destinée à être son refuge. Et en deviendrait un pour ses cadres, espérait-il.

Comme le bruit de la porte d'entrée leur parvenait, Jeremy annonça :

— Tori est de retour. Tu restes dîner avec nous ?

Cole jeta un coup d'œil à sa montre.

— Ce serait avec plaisir, mais non. J'ai des courses à faire avant de laisser la voiture à la marina et de rentrer.

La femme de Jeremy arrivant à cet instant dans la cuisine, un grand panier à la main, il ajouta :

— Salut, beauté.

— Salut, Cole. Comment ça va sur l'île ?

— La propriétaire de la ferme est une bombe, m'a-t-il dit, intervint Jeremy.

Tori haussa un sourcil.

— Elle est surtout intelligente. Sa petite entreprise marche très bien. En plus de son commerce local, elle a une boutique en ligne, expédie ses tricots sur tout le continent, teint sa propre laine, crée des modèles et les vend. L'un d'eux a même été remarqué par un magazine en vogue l'an dernier.

Cole la dévisagea, abasourdi.

— Tu savais tout ça ?

Tori se mit à rire tout en sortant les légumes de son panier.

— Bien sûr, c'est une petite ville et j'ai vécu dans la région toute ma vie.

— Pourquoi n'as-tu rien dit quand je suis allé visiter l'île cet été ?

— Je n'avais aucune raison de le faire. Tu achetais la propriété d'Ernest Chetwynd, pas la sienne.

Elle fronça alors les sourcils.

— Attendez, qu'est-ce qui se passe, là ?

Jeremy se leva pour donner Rose à sa mère avant d'expliquer :

— Cole lui a offert de racheter sa part de l'île et, d'après ce qu'il m'a dit, l'a fortement indisposée. Elle l'a même menacé de contacter un avocat.

— C'est une bonne chose. Cette ferme est extrêmement importante pour elle.

— Vraiment ?

Tori hésita, embrassa sa fille avant de répondre.

— Elle est dans sa famille depuis très longtemps et Brooklyn y a emménagé de manière permanente il y a environ deux ans.

Cole réfléchit très vite. La seule raison de s'isoler du jour au lendemain était qu'elle avait voulu fuir quelque chose. Lui-même le faisait, ou du moins utilisait l'isolement pour réorganiser sa vie. Mais que pouvait bien fuir Brooklyn ?

— Bon, je ferais bien de partir maintenant. Merci pour le café, mon vieux. Je te fais signe un de ces jours.

— Bonne chance. Passe quand tu veux.

— Et avertis-moi quand Branson reviendra. Ça m'inquiète de le savoir au milieu de tous ses souvenirs douloureux.

— Moi aussi.

Cole embrassa Tori et Rose, puis rejoignit sa voiture.

Il avait raté ses deux premières rencontres avec Mlle Graves, mais il réussirait la troisième. Il savait exactement comment la faire se départir de son aspect revêche.

3.

Sa journée en ville n'ayant pas apaisé ses pensées, Brooklyn se mit en cuisine dès la première heure le lendemain. Assez régulièrement, elle préparait de grandes quantités de différents plats puis les congelait en portions-repas. En plus de lui faire gagner du temps, le processus lui permettait de réfléchir tout à son aise, voire d'évacuer sa frustration comme ce matin-là.

Elle avait déjà cuit deux miches de pain, qui reposaient encore chaudes sur la table. Le grand plat de lasagnes qui les avait remplacées dans le four embaumait la cuisine. Des haricots lingots finissaient de mijoter dans une sauce tomate. Les croquettes de poisson étaient déjà dans le congélateur, mis à part deux qu'elle comptait faire frire pour son dîner et manger avec la soupe de courge squash – de son jardin – au curry à qui il manquait encore quelques minutes de cuisson.

La cuisine était en désordre, mais Brooklyn était satisfaite de son travail. Sa montre indiquait 11 h 30 lorsque la sonnette retentit. Marvin bondit aussitôt hors de sa couchette et se précipita en aboyant vers la porte.

Il n'y avait personne d'autre sur l'île. Cela ne pouvait donc être que Cole.

Brooklyn soupira. Prétendre être absente ne servirait à rien. Il avait sûrement vu que son bateau était amarré ; il reviendrait plus tard. D'autre part, elle avait laissé un message à son avocat la veille et aurait une réponse légale sous peu. Même si Cole faisait examiner le ponton, les travaux n'allaient pas commencer immédiatement.

Elle ouvrit la porte, un sourire poli aux lèvres.

— Bonjour. Je suis venu dans une intention pacifique.

— Ah bon ? demanda-t-elle, sourcils haussés, sceptique face à ce déploiement de charme.

Il lui tendit alors un sac frappé du sigle d'un pâtissier de la ville, puis un autre portant le nom d'une boutique animalière de Mahone Bay.

— Du vin et un gâteau pour vous, ainsi qu'un jouet pour votre adorable Marvin.

Brooklyn prit les sacs. Faire un compliment à une femme sur son chien ou son bébé était la meilleure stratégie pour entrer dans ses bonnes grâces. Elle s'écarta toutefois de la porte.

— Entrez donc.

Il franchit le seuil, Marvin sautillant autour de lui. Si seulement cet animal aimait moins leur voisin !

À première vue, Cole était habillé normalement, mais en regardant de plus près, elle remarqua le fin cachemire de son pull-over et la beauté du cuir de ses chaussures. Des marques supplémentaires de richesse, si besoin était. D'ailleurs, il n'avait pas cillé en l'entendant lui demander un million de dollars. Son accord avait été immédiat.

— Ciel, ça sent divinement bon chez vous ! J'ai entendu dire que vous étiez une spécialiste du tricot. Apparemment vous êtes une cuisinière hors pair aussi.

Brooklyn refusa de se laisser prendre à son charme.

— Excusez le désordre. Je fais des matinées de cuisine et congèle les plats en portions.

Elle sortit alors du grand sac une bouteille de vin et une tarte meringuée au citron. Son dessert préféré. Marvin aurait son cadeau plus tard. Inutile de l'exciter davantage.

— Je vous remercie, dit-elle en mettant le vin dans le réfrigérateur. Ce n'était pas nécessaire.

— Si, ça l'était. Nous avons pris un mauvais départ, mademoiselle Graves, et c'est ma faute. J'aurais dû vous dire d'emblée que je comptais payer l'intégralité du coût des travaux du ponton. C'est moi qui les veux, il serait injuste de vous demander de participer.

Il marqua une légère pause avant d'ajouter :

— Vous n'appréciez pas ma présence sur l'île, j'en suis conscient. Je vous promets cependant que je n'ai aucune intention de vous causer des ennuis.

Brooklyn le trouva sincère, repentant même. Elle décida donc d'être franche.

— Mes grands-parents possédaient l'île entière. Hélas, mon grand-père est tombé malade et a dû être soigné sur le continent. Les frais médicaux étant énormes, il a été obligé de vendre la plus grande partie de Bellwether. Ernest l'a achetée, puis a construit le manoir. Je comprends ses raisons récentes de vendre, mais nous avions une excellente relation fondée sur la confiance. Vous n'avez pas gagné cette confiance.

Le sourire de Cole s'était évanoui. Parfait, il prenait ses paroles au sérieux.

— Pas encore. Si je vous faisais part de mes projets pour la propriété, cela vous rassurerait peut-être.

Brooklyn lui indiqua la table.

— Je vous en prie, asseyez-vous. J'ai quelque chose à finir. Voulez-vous un café en attendant ? J'en ai de prêt.

— Avec plaisir, noir, s'il vous plaît.

Elle le servit, ajouta les derniers ingrédients à sa soupe puis la mixa, s'efforçant tout du long d'ignorer son regard dans son dos.

— Qu'est-ce que c'est ? Ça sent si bon.

— Une soupe de courge squash au curry. Vous cuisinez, monsieur Abbott ?

Il soupira.

— Pourrions-nous abandonner les formalités ? Appelez-moi Cole.

— D'accord.

Brooklyn ne lui proposa toutefois pas d'utiliser son propre prénom. Même s'il lui avait apporté une offrande de paix et l'avait rassurée au sujet du ponton, elle ne voulait pas être amie avec lui. Tout au plus, elle pourrait être moins sur la défensive désormais.

— Pour répondre à votre question, il m'arrive de cuisiner. Toutefois, n'ayant jamais eu à le faire dans ma jeunesse, je préfère acheter des plats et les réchauffer.

— Je m'en étais doutée. Laissez-moi deviner. Vous avez fréquenté une école privée, et vous êtes vu attribuer un fonds financier dès votre naissance ?

— J'ai effectivement bénéficié de nombreux privilèges grâce à la fortune familiale, mais j'ai dû travailler pour arriver là où je suis actuellement.

Brooklyn se tourna pour le regarder. À ses mâchoires tendues et à son regard, elle devina une histoire moins superficielle. Que lui était-il arrivé ? Elle l'ignorait. De toute manière, chacun avait une histoire cachée, même les riches.

— Vous avez acheté cette île sur un caprice, comme un jouet ?

— Absolument pas. J'avais des raisons plus honorables que je vous expliquerai si vous souhaitez les entendre.

Pendant qu'il buvait son café, elle jeta un coup d'œil à la pendule. Il était presque midi. L'écouter n'était peut-être pas la meilleure chose à faire. À vrai dire cela lui parut même dangereux. Pourtant elle attrapa deux bols dans le placard.

— Dans ce cas, autant le faire en mangeant. Je vous sers un peu de cette soupe ?

Bien que peu certain d'être prêt à se confier à Brooklyn, ni de pourquoi il avait envie qu'elle le comprenne, Cole acquiesça. Même s'il la connaissait à peine et ne pouvait pas lui accorder sa confiance, la détromper sur ses intentions concernant l'île lui parut important. Surtout avec sa première retraite prévue quelques semaines plus tard.

Brooklyn posa devant lui un bol de soupe odorante, lui coupa une tranche de pain et disposa à côté une coupelle de beurre. Puis elle se servit avant de prendre place face à lui.

Le pain était encore tiède et sentait aussi bon que le reste. Cole le beurra.

— Alors, quelles sont ces raisons ?

— Il y a quelque temps, j'ai traversé une période plutôt... basse. Un burn-out, j'imagine, car je ne fais rien à moitié. D'aussi loin que je me souvienne, j'ai travaillé soixante heures par semaine et eu une vie sociale intense. Je ne fais pas la fête, mais j'assiste à des dîners et des événements. Bref, je n'arrête jamais.

Il mangea un morceau de pain – absolument délicieux – sous le regard inquisiteur de Brooklyn.

— En somme, vous brûlez la chandelle par les deux bouts.

— C'est exactement ce que je faisais, puis la flamme s'est éteinte. J'étais épuisé et me suis réveillé un matin avec des douleurs dans la poitrine qui m'ont paniqué.

— Une crise cardiaque à votre âge ? Vous avez moins de quarante ans, non ?

— En effet, j'en ai trente-cinq. Et non, par chance, ce n'était pas une crise cardiaque.

— Dieu merci, dit-elle en plongeant dans son bol sa cuillère laissée en suspens.

Cole l'imita. La soupe était divine. Il avait mangé dans maints restaurants étoilés, mais ce simple plat surpassait tout ce qu'il y avait goûté.

— Ce potage est d'une onctuosité extraordinaire, avec un petit goût hors du commun.

— Ça vient du lait de noix de coco que j'ajoute en dernière minute.

Elle le regarda alors par-dessus sa cuillère pour ajouter :

— Donc vous avez eu une attaque de panique.

— Ce n'était pas une manifestation isolée. Selon mon ami Branson, c'était la manière dont mon corps me disait de ralentir, et je devais l'écouter. Son explication m'a paru trop simple. Avec une fatigue telle que je pouvais à peine sortir de mon lit le matin, j'étais persuadé d'avoir une maladie grave. En fait je souffrais d'ergomanie. En termes clairs, une addiction au travail.

— Alors, vous avez acheté la propriété.

— J'y viens.

Cole prit le temps de manger un peu de soupe. Une nourriture simple, saine. Idéale, en fait.

— Il m'a fallu du temps pour retrouver ma forme. Dieu merci, j'avais des cadres capables en place, mais ce burn-out aurait pu être évité si j'avais su partager plus tôt mes tâches. Or j'ai attendu que mon corps m'y force. Finalement, j'ai acheté la propriété pour deux raisons. D'abord, c'est un lieu où m'évader tout en étant près de mes deux meilleurs amis, qui ont des maisons sur la côte sud de Nouvelle-Écosse. Ensuite, je ne veux pas que ce qui m'est arrivé arrive à d'autres cadres. Alors, j'aimerais y organiser des retraites, pour mes propres employés dans un premier temps, puis pour ceux d'autres entreprises.

Il ne mentionna pas les questions existentielles qu'il s'était posées ni l'horrible solitude qu'il avait endurée. Il s'était même demandé qui le regretterait s'il lui arrivait malheur, à part Branson et Jeremy, car il n'avait pas cultivé de liens avec d'autres et certainement aucun romantique. Ses parents offraient une façade rutilante au public mais, en privé, ils se parlaient à peine. Si c'était cela, le mariage, Cole n'en voulait pas.

— Cette dernière idée est excellente. Toutefois je vais être franche. Savoir que des étrangers se baladent en permanence sur l'île me met mal à l'aise. En leur procurant une oasis de calme, vous menacez le mien. C'est difficile à accepter.

Cole n'avait pas envisagé le problème sous cet angle. Bien sûr, les participants à ses retraites la rencontreraient probablement sur la plage ou au port, et il comprenait que cela la mette mal à l'aise. Mais cela pourrait aussi l'inciter à lui vendre sa propriété.

Bizarrement, l'idée qu'elle ne soit plus dans cette maison, cette cuisine, l'ennuya.

— J'en suis désolé. L'envahissement de votre espace est une conséquence non intentionnelle. Vous me croyez, j'espère.

Brooklyn hocha la tête et, au lieu de le regarder, elle lui coupa une nouvelle tranche de pain.

Voyant là une manière évidente de fuir la confrontation, il posa une main sur la sienne.

Cet infime contact intime frappa Cole, le retint captif. Son geste avait eu pour but de la rassurer, mais immédiatement elle ramena son regard sur lui et une intense énergie imprégna l'air.

— Voulez-vous un peu plus de soupe ? demanda-t-elle en retirant sa main.

Elle avait donc aussi senti l'énergie… Il se racla la gorge, conscient qu'en restant plus longtemps il risquait de partager davantage d'informations sur lui ou, pire, de l'inviter à partager son histoire. Le but était de la convaincre de vendre. Pas de se retrouver pris dans une relation.

— Je devrais partir. J'étais simplement venu vous apporter une offrande de paix.

Brooklyn déposa leurs bols dans l'évier.

— Je vous remercie. J'apprécie que vous ayez clarifié la prise en charge des modifications du port.

Cole se leva.

— Je souhaite être équitable. Je n'avais pas l'intention de vous causer des soucis financiers.

Elle fit brusquement volte-face pour le foudroyer du regard.

— Ne vous inquiétez pas de ma situation financière. Je me débrouille très bien.

Zut, quelle parole maladroite. Tout cela parce qu'il avait un peu laissé tomber sa garde.

— Je n'en doute pas. Cependant personne n'apprécie les dépenses inattendues.

Marvin venant quémander ses caresses, il lui gratta les oreilles.

— Vous avez un chien formidable. Je n'en ai jamais eu, enfant.

Le visage et la voix de Brooklyn s'adoucirent.

— Pourtant vous les aimez. C'est visible.

— Oui, je les adore, répondit-il avant de poursuivre : Tu es un bon chien, n'est-ce pas, Marvin ? Et tu aimes ça, les caresses.

Lorsque Cole releva la tête, Brooklyn souriait. Dieu qu'elle était belle quand elle souriait ! Il allait devoir faire très attention.

— Il vous aime aussi. Venez quand vous voulez si vous voulez jouer avec lui.

Cette proposition était si inattendue qu'il fronça les sourcils, se demandant s'il avait correctement entendu.

— Vraiment ? Vous m'invitez à venir jouer avec votre chien ?

Brooklyn haussa les épaules.

— Les chiens sont de merveilleux guérisseurs, Cole. D'après ce que vous m'avez dit, vous avez probablement plus besoin de lui qu'il n'a besoin de courir après une balle.

— Je vous remercie. Je le ferai peut-être.

En descendant l'allée du jardin après avoir pris congé de Brooklyn, Cole se demanda de quelle sorte de rétablissement elle avait eu besoin, et si Marvin avait été là pour elle. Il l'espérait. Imaginer cette femme si forte, si belle, si indépendante en train de souffrir lui noua brusquement le ventre. Si elle avait dû surmonter une épreuve douloureuse, il espérait qu'elle avait eu quelqu'un à ses côtés.

4.

La vue de l'hélicoptère contournant le cap avant de disparaître vers l'est de l'île apprit à Brooklyn l'arrivée des participants à la première retraite de Cole. Et voilà, il était à nouveau dans ses pensées ! À vrai dire, il ne les avait pas quittées depuis leur déjeuner impromptu. Au moment où il avait posé la main sur la sienne, quelque chose d'étrange avait fusé entre eux, comme un éclair foudroyant. À son regard surpris, elle avait compris qu'il l'avait senti aussi. Cela compliquait la situation.

Tout comme son attitude avec Marvin. Cet homme savait d'instinct s'y prendre avec lui, et il lui avait même apporté un jouet. Même s'il aurait été commode à Brooklyn de continuer à détester Cole, ses cadeaux l'avaient touchée. Ils révélaient une gentillesse et une sensibilité inattendues.

Sa gentillesse n'était toutefois pas une raison de lui faire confiance. Il avait un long chemin à parcourir avant de la gagner.

Décidée à cesser de penser au sieur Abbott, elle finit de préparer ses affaires avant de prendre son bateau pour aller sur le continent. Ses colis étaient prêts à être expédiés ; la laine teinte au petit matin séchait. Plus rien ne retenait Brooklyn. L'automne était une saison chargée. Avec l'arrivée du froid, les gens reprenaient leurs aiguilles à tricoter pour leurs projets hivernaux. Même si ce n'était que le début du mois d'octobre, les commandes pour Noël affluaient et elle devait constituer son stock.

Grâce à la mer calme et au ciel clair, la traversée fut rapide. Une fois arrivée, elle posta ses paquets puis prit la route de Liverpool. À chacun de ses voyages, elle rendait visite à Delilah, dont la boutique regorgeait de trésors. Bien que Brooklyn ait son propre commerce de laine, son amie avait des fournisseurs particuliers et avait enfin reçu une livraison d'alpaga. Cette laine légère et douce allait faire le bonheur de ses clientes.

Une fois ses achats effectués, l'heure du déjeuner approchant, elle proposa à son amie d'aller déjeuner dans un petit restaurant proche. Elles commençaient à peine à manger lorsque Delilah – à qui la quarantaine bien sonnée avait conféré une perspicacité certaine – déclara :

— Tu as quelque chose de changé, tu dégages une énergie différente. En fait, tu as l'air ragaillardie.

— C'est dû à l'automne. C'est ma saison préférée.

— Je ne crois pas. Y aurait-il du nouveau dans ta vie ? T'es-tu créé un profil sur le site de rencontre ainsi que je te l'avais suggéré ?

Brooklyn rit et se dépêcha de prendre quelques cuillérées de sa soupe de poisson afin de dissimuler sa gêne.

— Non, je ne l'ai pas fait. Le seul changement est l'arrivée du nouveau propriétaire de l'île, que j'ai vu trois fois en tout et pour tout. À part ça, j'ai été très occupée et, après ce que je viens de dépenser chez toi, tu te doutes que j'ai reçu pas mal de commandes. Les honorer va me prendre tout mon temps.

— Raconte-moi tout. Est-ce un vieux monsieur ventripotent riche comme Crésus ?

Comme la vision de Cole debout devant sa porte avec ses offrandes de paix s'imposait à son esprit et accélérait un tantinet les battements de son cœur, Brooklyn ne put retenir un éclat de rire.

— Crésus, peut-être pas, mais très fortuné sans aucun doute. Il a trente-cinq ans, je crois. Quant au ventre, il n'en a pas un poil. Il est même plutôt beau gosse.

— Tiens donc ! s'exclama Delilah. Y aurait-il une histoire romantique dans l'air ?

— Non, il s'agit seulement d'une relation de bon voisinage. De toute manière, il vit à New York, où se trouve sa société. Il ne fera que de brefs passages sur l'île.

Cette idée l'attrista. Elle n'avait pas l'habitude d'être seule sur Bellwether. Durant l'été, entretenir son potager et le jardin du manoir l'avait bien occupée. L'hiver, les distractions étaient rares, et les soirées longues. Avant, Ernest et Marietta l'invitaient souvent à dîner ou à jouer aux cartes. Même si sa maison était agréable, l'idée de passer des journées sans contact humain l'angoissa. Et que ferait-elle en cas de tempête sans la présence réconfortante des Chetwynd ?

Brooklyn se demanda si la solution n'était pas de prendre un petit appartement sur le continent. Elle l'écarta aussitôt. Son commerce lui permettait de subvenir confortablement à ses besoins, mais n'était pas suffisamment important pour une telle dépense. Et penser aux dépenses lui rappela la bouteille de vin apportée par Cole Abbott. Il n'avait pas lésiné. Sans être un cru d'exception, son vin coûtait cent dollars. Son budget d'alcool était probablement supérieur au loyer d'un meublé canadien !

— D'accord, il est de passage, mais les beaux gosses riches ne courent pas les rues. Pourquoi ne pas approfondir cette relation ?

— Tu le sais très bien.

— Je ne veux que ton bonheur, Brooklyn. Tu n'as pas besoin d'un homme pour être heureuse. Toutefois je suis inquiète car j'ai l'impression que tu t'es fermée à toute possibilité après ce qui t'est arrivé.

Delilah était l'une des rares personnes à qui Brooklyn s'était confiée. Un peu plus d'un an auparavant, celle-ci avait été témoin d'un vol à main armée et prise en otage. Même si elle avait réussi à fausser compagnie à l'agresseur, et en était sortie physiquement indemne, le traumatisme avait été intense. Une thérapie l'avait aidée à passer la période difficile mais, après s'être construit l'existence sécurisée souhaitée, elle ne voulait pas la voir perturbée. Prendre des risques n'avait jamais été son fort, or l'amour était le plus gros de tous.

— Je te rassure, je vais beaucoup mieux. Je n'ai plus peur de m'engager dans une relation.

— Non, ma chérie, et ce pour une raison très simple. Depuis, tu as peur de vivre. On change en temps voulu. Parfois il suffit d'une personne pour te bousculer un peu. Cet homme pourrait être celui qui t'aidera à te libérer de ta peur.

Pour ce qui était de la bousculer, Cole avait déjà réussi !

— Il aime Marvin, et ce traître de chien l'adore. Rien d'étonnant à cela, les caresses et cadeaux te gagnent l'éternelle reconnaissance d'un animal.

— La mienne aussi, répliqua Delilah en riant.

— Dit celle qui est mariée depuis quinze ans à un homme aux petits soins pour elle ! Je t'adore pour tes bons conseils, Delilah.

— Et moi qui pensais que c'était pour le prix de gros que je t'accorde.

— Allons, je ne suis pas si intéressée.

— Je le sais. En attendant, réfléchis. Cet homme ne sera pas souvent sur l'île. Pourquoi ne pas te rapprocher de lui et voir où cela te mènera ? Tu mérites un peu de bonheur.

Certes, mais après avoir retrouvé la paix, Brooklyn ne voulait rien changer à sa vie. Même si le changement se présentait sous les traits d'un homme aussi séduisant que Cole Abbott.

Le déjeuner avec Delilah achevé, elle rentra, rangea ses achats puis partit marcher sur la plage avec Marvin. Le temps avait changé. L'air chargé d'humidité annonçait l'arrivée de la pluie prévue par le bulletin météorologique. Brooklyn lança un morceau de bois flotté. Marvin partit comme une flèche le récupérer. Une minute plus tard, il revenait, haletant, les yeux brillants, le déposer à ses pieds. À quatre ans, il avait besoin de se dépenser. Elle relança donc le bois.

Tout en marchant contre le vent qui faisait voler ses cheveux autour de son visage, Brooklyn admirait la vue. La mer si calme le matin était sombre à présent et ses vagues couronnées d'écume blanche. La soirée serait parfaite pour finir son châle puis entamer un de ses projets hivernaux.

Sa conversation avec Delilah lui avait donné matière à réflexion. Non pas qu'elle veuille se lancer dans une liaison torride avec Cole. Mais son amie lui avait rappelé son retrait de la vie sur Bellwether.

Elle s'était même coupée de sa famille. Ses parents vivaient à Halifax, où son père travaillait dans une compagnie de messagerie et sa mère était infirmière. Son frère et sa sœur avaient quitté la Nouvelle-Écosse. Le premier était ingénieur en environnement dans une société américaine ayant son siège social dans le Maine. La seconde, géologue à Alberta. Brooklyn était en troisième année de licence ès sciences lorsque l'agression s'était produite. Et sa vie avait basculé.

Arrivée au bout de l'étendue sableuse, elle grimpa le talus. Le ciel était devenu noir. Il était temps de rentrer ou Marvin serait trempé. L'odeur de chien mouillé n'étant pas la plus agréable, elle l'appela. Un aboiement lui répondit, lointain. Elle vit alors la robe rousse de son chien fendre les hautes herbes en direction de… Cole !

Pas exactement la personne qu'elle souhaitait rencontrer. Brooklyn espéra pouvoir rester posée malgré l'écho de sa conversation avec Delilah encore présent.

Cole leva une main en guise de salut tandis que Marvin dansait autour de lui en quête de caresses.

— Mon chien est très indiscipliné, dit-elle en arrivant à leur hauteur. J'en suis désolée.

— Ne le soyez pas. Marvin est adorable. Il remplace un peu les chiens que je n'ai jamais eus. Mes parents ne voulaient pas d'un chien sale et bondissant dans la maison, et les pensionnaires n'avaient pas droit à un animal familier.

— Même les enfants riches ?

— Même eux. Cela dit, j'adorais mon école. C'est à Merrick Hall que j'ai rencontré Jeremy et Branson.

— Jeremy est votre agent immobilier, n'est-ce pas ?

— En effet.

— Et Branson ?

— Branson Black.

Brooklyn ne parvint pas à dissimuler sa stupeur.

— L'écrivain ?

— Lui-même. Nous sommes tous trois meilleurs amis depuis nos treize ans.

Brooklyn, qui avait grandi à Halifax, avait perdu de vue ses camarades de classe. En arrivant dans la région, elle s'était fait quelques amies, comme Delilah. Mais Liverpool étant une petite ville, il était difficile d'y conserver des secrets. Toutes connaissaient donc la raison – ou partie de la raison – l'ayant poussée à abandonner l'université pour se réfugier sur l'île.

— Vous ne tenez pas compagnie à vos invités ? demanda-t-elle en lançant le morceau de bois à Marvin.

Ils se mirent alors à marcher à travers le pré en direction du chemin qui courait le long de la côte entre le manoir et la maison de Brooklyn.

— Ils n'ont pas besoin de baby-sitter. En ce moment, ils ont un temps de pause avant le dîner. Je leur ai confisqué leur téléphone dès leur arrivée. Vous auriez dû voir leurs airs catastrophés.

Brooklyn sourit.

— C'est de la torture !

— Si l'on veut. Je leur ai laissé le temps d'envoyer un message à leur famille et de les avertir que le silence informatique durerait quatre jours. Le but est de leur permettre de se reposer et de déconnecter. En plus, c'est une façon de réfléchir sur leur travail différemment. C'est difficile et ça prend du temps. Je les retrouverai à table.

— Ça semble être un programme très sympathique.

Marvin revint vers eux, son bâton dans la gueule, très fier de lui. Le vent soufflait en fortes rafales à présent.

Cole regarda le ciel, sourcils froncés.

— On dirait qu'une tempête se prépare.

— Non, ce sera simplement de la pluie. Le beau temps reviendra demain soir. La mer était agitée à mon retour de Liverpool. J'ai essuyé quelques grosses vagues.

— Vous n'avez jamais peur ?

Brooklyn rit.

— Je navigue autour de cette île depuis que je suis assez grande pour voir au-dessus du gouvernail. Quand le temps est vraiment mauvais, je reste chez moi. C'est si agréable de regarder tomber la pluie par la fenêtre en buvant un verre de vin. Et si relaxant.

— J'aimerais pouvoir faire ça, ce soir. Au lieu de cela, je vais devoir gérer quatre vice-présidents souffrant du manque d'informatique.

Venait-il de sous-entendre qu'il aurait préféré passer la soirée avec elle ? Brooklyn tenta d'imaginer Cole dans son petit salon. Ce n'était pas vraiment son élément. En revanche, elle le vit parfaitement siroter un cognac, assis dans un luxueux canapé, dans le grand salon du manoir dont les fenêtres donnaient sur la mer. Elle se demanda aussitôt quels changements il avait apportés à la résidence d'Ernest. Un jour peut-être il l'inviterait à entrer. Après le départ de ses invités.

— Savez-vous qui s'occupait du jardin de M. Chetwynd ? Mon employé aurait quelques questions à poser sur les plantes régionales et le matériel.

Brooklyn sourit.

— Envoyez-le-moi. Je lui donnerai ces renseignements.

— Ce n'est pas à vous de le faire.

— Si, car c'est moi qui tondais sa pelouse, entretenais ses massifs et dégageais la neige de son allée contre un salaire mensuel.

Cole s'arrêta tout net de marcher.

— C'est une plaisanterie ?

— Pas du tout. Même si mon jardin est petit en comparaison du sien, j'aime m'occuper des plantes et les connais bien. De plus, si je veux pouvoir quitter l'île en hiver, déneiger l'accès au port est indispensable. Vous avez un tracteur doté d'une souffleuse pour cela.

Cole resta silencieux quelques secondes, semblant avoir du mal à se remettre de sa surprise.

— À propos de ce salaire…

— Je peux très bien m'en passer, l'interrompit-elle. Pour être franche, Ernest était trop vieux pour ce genre de travaux et refusait que je le remplace gracieusement. Donc cet arrangement nous convenait à tous les deux, mais je savais qu'il ne durerait pas.

— Je vois. Je ne veux simplement pas vous priver d'un revenu.

Brooklyn releva brusquement le menton. C'était la seconde fois que Cole faisait un commentaire sous-entendant son manque de moyens financiers. Or ce n'était pas le cas. Elle venait de présenter un nouveau patron sur un site en vogue et avait la réputation de fournir des explications claires et détaillées. Chaque patron vendu était d'ailleurs suivi d'une augmentation de téléchargements. Son souhait était de les réunir dans un livre qu'elle proposerait à un éditeur.

— Je n'en ai pas besoin. Il est normal que vos propres employés prennent la suite.

Sans compter que travailler pour Cole lui paraîtrait étrange.

— Je le dirai à Dan. Permettez-moi de vous faire part d'une autre requête. J'ai parlé en termes si élogieux de la soupe mangée chez vous que Raelynn, son épouse, aimerait avoir la recette.

— Je la lui donnerai avec plaisir. Dites-lui de venir me voir. Je ne bouge pas de chez moi les prochains jours.

— Merci, Brooklyn, j'apprécie.

— Alors, nous sommes en termes amicaux, j'imagine, maintenant.

Agir amicalement ne signifiait pas qu'ils étaient amis, d'où son choix de mots. Cole dut sentir sa retenue car il sourit.

— Oui, *j'imagine.*

Il était déjà superbe, mais son sourire le rendait irrésistible. Les coins de ses yeux se plissaient, tout son corps semblait se décontracter et, sous le ciel sombre annonciateur de pluie, le bleu de ses yeux paraissait encore plus clair. Comme celui de l'océan, il changeait selon ce qui se passait en profondeur.

— Dans ce cas, reprit-il d'un ton hésitant, nous pourrions nous tutoyer. Qu'en pensez-vous ?

— Pourquoi pas. Mais ça risque de ne pas être évident au début.

— *Tu* crois ça ?

Ils éclatèrent de rire et reprirent leur marche.

— Nous voilà arrivés au chemin, dit Brooklyn avant d'ajouter en souriant : *Tu* devrais rentrer avant que tes invités aient trouvé le moyen de se connecter à Internet sur ta télévision.

— Aucune chance. J'ai désactivé le réseau wi-fi.

— Tu veux vraiment leur en faire baver !

— C'est une étape indispensable. Cela dit, je vais passer du temps avec eux à l'extérieur, mais je m'assurerai qu'ils n'envahissent pas ton intimité.

— Merci, Cole, j'apprécie.

Ils se souhaitèrent une bonne soirée et, tandis que Cole prenait la direction du manoir, Brooklyn souhaita presque que *lui* envahisse son intimité. Elle ne s'imaginait pas faire le premier pas mais, s'il le faisait…

Pensée stérile, cet homme n'était pas fait pour elle. De cela, elle était certaine.

5.

Le troisième jour de la retraite, Cole remarqua à quel point ses vice-présidents avaient changé. Ils étaient joyeux, décontractés et reposés. Il en attribua le mérite au bon air de l'île, à la merveilleuse nourriture de Raelynn et à deux longues nuits de sommeil. Le matin, ils avaient rejoint le continent en bateau puis, après un délicieux déjeuner au Sandpiper, avaient discuté de leurs divisions respectives, réfléchissant ensemble à des idées dans ce cadre informel. Cette balade leur avait fait du bien. Un nouvel enthousiasme les animait. C'était exactement ce qu'il avait espéré obtenir.

De retour sur Bellwether, Cole avait réactivé le réseau wi-fi pour une session en ligne avec un expert sur comment équilibrer charge de travail et détente afin d'éviter un burn-out.

La séance terminée, Cole prit la direction du débat.

— Quelles sont vos impressions sur le déroulement de cette retraite ?

Duncan prit la parole le premier.

— Je vais être franc, Cole. Vous voir confisquer nos téléphones à l'arrivée m'a sérieusement énervé. Ensuite, je me suis surpris à mettre sans arrêt la main dans ma poche à la recherche du mien jusqu'à ce que je réalise à quel point j'étais devenu dépendant de lui. Or l'avoir en permanence signifie que je n'arrête pas de penser au travail, ce qui augmente mon niveau de stress. Mais ne vous méprenez pas, il me manque encore.

Il s'interrompit le temps que l'éclat de rire général se soit calmé.

— Cela dit, j'essaye encore de ne pas devenir fou en me demandant ce qui se passe dans la société en mon absence, mais je reconnais ne pas avoir aussi bien dormi que ces deux dernières nuits depuis longtemps. J'avais vraiment besoin de faire un break. Je ne m'en étais pas rendu compte avant cette retraite.

Tous acquiescèrent.

— En ce qui me concerne, dit alors James, j'ai trouvé la première journée difficile. En fait, je n'ai pas l'habitude de ne rien faire et, pour faire écho à la parole de Duncan, de ne pas pouvoir distraire mon ennui à l'aide de l'électronique. Donc pour moi cette retraite est une véritable désintoxication à la fois du travail et de la technologie. Une dont j'avais besoin.

Cole sourit, heureux de ces réponses.

— C'est éprouvant d'avoir l'impression que tout va partir à vau-l'eau en notre absence, mais ça n'arrive pas. Si vous avez des personnes capables en poste et leur faites confiance, elles travailleront d'autant mieux. Vous y gagnerez du repos. Considérez mon cas par exemple.

Il établit alors un contact visuel personnel avec chacun des quatre hommes.

— En tant que P-DG, j'ai assumé une totale responsabilité pendant un grand nombre d'années. Au long cours, ce n'est ni durable ni sain. Je me suis donc entouré de gens compétents, à commencer par vous, messieurs. Du haut au bas de l'échelle, personne ne doit craquer sous la charge de travail. Ce n'est bon ni pour vous, ni pour vos familles, ni pour Abbott.

Tous hochèrent la tête pensivement.

— Demain est notre dernier jour. Je souhaite que vous réfléchissiez à la manière dont vous mettrez en pratique ces acquis pour vous-même et vos subordonnés. Ensuite, nous discuterons d'un plan d'action. Ça vous va ?

Chacun partit de son côté profiter des quelques heures précédant le dîner. Duncan et James choisirent une balade sur la plage, le troisième descendit au gymnase et le quatrième, qui s'était redécouvert un amour pour la cuisine, vit sa proposition d'aider Raelynn acceptée. Cole resta seul, heureux de sa journée et d'avoir pu donner à ses cadres supérieurs l'occasion de décompresser et de se réénergiser. Avoir cette possibilité un an plus tôt lui aurait évité un effondrement total.

Il partit donc marcher, et ses pas le conduisirent naturellement vers la ferme. Depuis sa rencontre avec Brooklyn, Cole ne l'avait aperçue que le matin alors qu'ils arrivaient au port en voiturette de golf et qu'elle ratissait les feuilles devant sa maison. Une fois de plus, il s'était demandé comment elle arrivait à mener une existence si solitaire, ce qu'elle faisait de ses journées, de ses soirées.

Arrivé devant sa porte, n'ayant pas trouvé d'idée justifiant sa visite, il hésita à rentrer chez lui, mais les aboiements de Marvin annoncèrent sa présence. Brooklyn lui ouvrit, visiblement surprise. Ses cheveux étaient relevés en un chignon grossier, elle portait un survêtement taché de différentes couleurs. Il remarqua aussitôt la forte odeur qui imprégnait l'air.

— Je te dérange, on dirait. Je suis désolé, je vais…

— Non, entre. Ne prête pas attention à l'odeur, je teins de la laine depuis plusieurs jours.

Cole n'avait pas envie de s'imposer, mais ne voulut pas laisser passer cette occasion.

— Volontiers. Je suis curieux car je n'ai jamais vu faire cela.

Il se baissa alors pour caresser Marvin, lui lança un « Salut, mon bon chien » puis franchit le seuil et suivit Brooklyn jusqu'à une pièce vitrée à l'arrière. Plusieurs grandes bassines étaient alignées. Quatre d'entre elles contenaient des liquides colorés dans lesquels trempait de la laine. À côté se trouvaient deux portants munis de barres en bois servant d'étendoirs où étaient suspendus des écheveaux. Un ventilateur aérait la pièce et une fenêtre était ouverte malgré la fraîcheur extérieure.

— Voilà, c'est ici qu'a lieu une partie de mon commerce. Certaines couleurs sont des commandes de clientes, les autres sont celles traditionnelles qui se vendent bien. Aujourd'hui ce sont celles de la saison des fêtes.

— En effet, dit-il en s'approchant d'une barre. J'ignorais qu'on pouvait teindre un fil de différentes couleurs, ce vert-rouge-blanc fait penser à une canne en sucre d'orge.

— C'est l'effet recherché, le motif apparaît en tricotant. Tu as presque deviné son nom. Je l'appelle « Canne menthe poivrée ».

— Sympa.

— Je fais des couleurs unies aussi. Comme ce rouge vibrant, un incontournable pour Noël. Cette année, j'ai ajouté un nouveau produit en ligne. Un kit comprenant le modèle avec les explications et la quantité exacte de laine. J'attends avec impatience de voir comment ça va marcher.

— Quels genres de modèles proposes-tu ?

Brooklyn décrocha l'écheveau rouge.

— Celui-là, par exemple, est destiné à une botte de Noël. Il sera accompagné de laine blanche et du patron pour des flocons de neige. Une décoration faite main à suspendre devant la cheminée est un souvenir pour les enfants ou petits-enfants. J'ajouterai les instructions pour broder un prénom.

Sa créativité impressionna Cole. En plus son matériel était plutôt rudimentaire.

— C'est une excellente idée. Ne serait-ce pas plus facile si tu avais davantage d'espace pour en faire plus à la fois ?

— J'ai deux portants, chacun pouvant recevoir cinq écheveaux, c'est déjà bien. Après, la laine doit tremper longuement pour le rinçage. J'utilise des teintures écologiques. Ça augmente le prix mais ça ne dérange pas mes clientes.

Elle se tourna alors vers lui, les yeux brillants d'enthousiasme.

— J'ai de la chance car beaucoup de gens se soucient de la provenance du fil, mais oublient de tenir compte des teintures utilisées. C'est pourtant important pour l'environnement.

Brooklyn saisit alors un écheveau sur la barre la plus proche. D'un habile mouvement de mains, elle le façonna en pelote puis rentra une extrémité dans l'autre.

— Voilà ce que ça donne une fois fini. L'étiquette mise, c'est prêt à être expédié ou tricoté.

— Tu fais cela si vite, c'est impressionnant.

— Je vais te montrer. Prenons cet écheveau, et mets tes mains à l'intérieur.

Elle lui écarta alors les mains jusqu'à ce que la laine soit tendue, puis lui expliqua la manœuvre à accomplir tout en lui guidant les doigts. Cole s'efforça d'ignorer ce contact. Après tout, il ne s'agissait pas d'un geste intime, elle l'initiait à son domaine.

— Imprime une petite torsion, comme ça, puis une autre, et encore. Maintenant fléchis ton bras et utilise ton coude pour diviser la torsade en deux.

Brooklyn accompagnant ses mouvements, dès que Cole plia la torsade, celle-ci s'enroula sur elle-même.

— Ça marche !

— Bien sûr, répondit-elle, un grand sourire aux lèvres. Il ne te reste plus qu'à rentrer ce bout à l'intérieur, et c'est terminé. Félicitations.

Il lui sourit en retour, tout en faisant tourner entre ses mains la pelote légère et douce.

— C'est chouette, ce que tu fais. Tu arrives à en vivre ?

— Oui, pas mal. Je suis la seule employée et mon atelier est la cuisine d'été de ma grand-mère, donc mes frais de fonctionnement sont minimes. En plus, je mène une vie assez simple. Je n'ai pas de gros besoins.

Cole hocha la tête. Il ignorait s'il saurait s'accommoder de tant de simplicité, mais il respectait son choix. En fait, il était même impressionné.

— Je t'admire, Brooklyn, et t'envie aussi de faire ce qui te passionne. Une fois mon diplôme universitaire obtenu, je suis entré immédiatement dans la société de mon père sans me poser de questions. Quelques années plus tard, il est mort, me laissant à la tête de son empire. À vrai dire, j'ai été poussé dans ce rôle.

Elle lui prit la pelote des mains, la posa sur la table et s'approcha de lui.

— Ça a dû faire beaucoup du jour au lendemain.

— Oui. J'avais vingt-trois ans, et me retrouvais soudain milliardaire avec une douzaine de compagnies à diriger sans père à qui demander conseil.

Il ne s'agissait pas d'une réelle confidence dans la mesure où le décès de Cole Abbott senior et la prise de pouvoir de son fils avaient fait la une des journaux. Pourtant, sa subite ascension au poste suprême l'avait rendu vulnérable. Personne n'imaginait sa difficulté à s'adapter, ni combien il avait encore peur d'échouer.

Son père avait partagé avec lui sa manière de gérer ses affaires, mais toute communication entre eux s'était arrêtée là. Il ne lui avait rien appris de personnel sur la vie. Ce qu'il savait du sujet lui venait de ses meilleurs amis.

— Pourtant tu as réussi, lui répondit-elle calmement. Avec brio en plus.

— Grâce au soutien des cadres en place.

Ils l'avaient aidé pour la gestion, mais pas à vaincre son sentiment de solitude.

— Jusqu'à ce que tu craques.

— Exactement, jusqu'à ce que je craque.

Et en cet instant, il était bien près de craquer pour une tout autre raison. L'envie de prendre Brooklyn dans ses bras le tenaillait. L'envie d'oublier la pression constante du travail, son devoir d'être toujours à la hauteur des attentes des autres. Il brûlait d'envie de se comporter simplement en humain, de se laisser aller à vivre.

— Qu'y a-t-il, Cole ?

Réalisant alors que son regard était resté fixé sur les lèvres de Brooklyn, il releva les yeux et murmura :

— Tu n'es vraiment pas comme je l'imaginais.

— Je ne t'imaginais pas ainsi, moi non plus.

Puis après une infime pause, elle ajouta en un souffle :

— Ce n'est pas une bonne idée.

— Je sais.

Pourtant, le cœur battant à tout rompre, Cole posa la main sur la nuque de Brooklyn, puis ses lèvres sur les siennes. Elles avaient un goût de thé, de miel et de vanille. Un mélange grisant qui lui fit penser à un foyer – ou du moins à un foyer tel qu'il l'avait toujours imaginé.

Elle lui mit alors une main sur le bras, sans toutefois le repousser. Cela suffit à l'arrêter. Il aurait pu insister – elle hésitait, c'était évident – mais il préféra attendre un moment plus propice car il sentait en elle une fragilité, une vulnérabilité dont l'origine lui échappait.

— Je ferais mieux de rentrer au manoir. C'est la dernière soirée du stage. Mes invités partent demain. Raelynn leur a cuisiné un dîner d'adieu avec du homard au menu.

— Ce sera certainement délicieux.

Brooklyn recula d'un pas avant de poursuivre, visiblement gênée :

— L'intimité entre nous n'est pas une bonne idée. Tu veux acheter ma propriété or je n'ai pas l'intention de vendre. Nous devons donc limiter nos rapports à un bon voisinage. Aussi flattée que je sois…

— Tu veux dire plus de baisers ?

Même si une intimité entre eux était une source potentielle d'ennuis, Cole avait pris grand plaisir à l'embrasser, et elle commençait à lui plaire énormément. Cette fille était forte mais douce. Une personnalité très attachante.

— C'est cela, plus de baisers.

Et elle mit ses mains dans la poche ventrale de son sweat-shirt. Son langage corporel indiquait le retrait, la protection. Elle n'avait pourtant rien à craindre de lui. Il ne la blesserait jamais.

— Je ne vais pas mentir, je suis déçu. Mais si c'est ce que tu veux…

— C'est ce que je veux. Cela ne nous empêche pas de conserver une relation amicale, ça facilite la vie entre voisins.

Cole réprima un sourire.

— Parce que tu ne me vendras pas ta propriété.

— Exactement.

Il hocha la tête, puis se sentit obligé d'ajouter :

— Ce que je suis prêt à payer te permettrait pourtant de t'installer dans une belle maison tout en te laissant un capital suffisant pour développer ton commerce dans d'excellentes conditions.

— Oui, mais ce ne serait pas chez moi. Et pour l'instant… mon foyer est ici.

Elle était profondément attachée à ce lieu, Cole ne pouvait l'en blâmer. Cette vieille maison était accueillante, chaleureuse. Lui-même était d'ailleurs déjà captivé par Bellwether.

— Donc je n'obtiens ni la propriété ni d'autre baiser. Je suis vraiment perdant dans ce marché, dirait-on.

— Oui, on dirait.

Elle avait parlé d'un air sérieux, mais l'ébauche d'une fossette était fugitivement apparue sur sa joue. Cole sut alors qu'ils étaient en train de flirter.

— Je vais donc devoir te faire une meilleure offre, répliqua-t-il avant d'indiquer la porte de la main. On y va ? Je dois vraiment rentrer.

Tandis que Brooklyn le précédait dans le salon, Cole vit Marvin dresser la tête et le saluer d'un battement de queue, comme s'il n'avait pas besoin de se lever. Comme… s'il voyait en lui un membre de la maisonnée.

Il repoussa aussitôt cette idée ridicule. Un chien n'avait pas de telles pensées. Et sa vie n'était pas ici.

— L'hélicoptère reviendra demain. C'est le moyen le plus rapide de conduire les invités à l'aéroport.

— Merci de m'avoir prévenue. Profite bien de ton dîner avec eux.

Cole eut presque envie de l'inviter à le partager.

Encore plus ridicule !

Autant que sa manière de prolonger les adieux. Il prit donc congé et repartit vers son manoir.

Au cours des jours suivants, Brooklyn suivit avec attention les prévisions météorologiques. Un ouragan formé au sud-est remontait vers le nord. La côte est des États-Unis semblait être épargnée mais, selon les estimations, la Nouvelle-Écosse se trouvait sur sa trajectoire. S'il ne déviait pas entre-temps. En cas contraire, une frappe directe serait très méchante. Restait à espérer qu'il perde de sa force en cours de route. Au mieux, ils auraient quand même droit à un déluge et à des vents violents.

Quoi qu'il en soit, Brooklyn avait déjà fait l'expérience de fortes tempêtes. Toutes s'accompagnaient de coupure de courant – par chance, elle avait un groupe électrogène – et d'une mer démontée lui interdisant de braver les vagues dans son petit bateau. Force serait donc d'aller sur le continent faire des provisions.

Tout en tricotant, elle dressa une liste mentale de tout le nécessaire pour un séjour de confinement confortable. En tête venaient de la nourriture pour Marvin, du vin et du chocolat pour le moral. Le reste se composait de denrées de base, légumes frais et viande.

Brooklyn étala le châle sur ses genoux, admirant ses points réguliers et sa douceur. Elle l'imagina drapé sur ses épaules, le soir en hiver pendant qu'elle boirait un chocolat chaud en lisant un roman ou en regardant un film. Avec Marvin pour compagnie, bien entendu. En revanche, Cole serait probablement parti. Elle serait donc seule sur Bellwether. Sans son visage souriant, sa voix taquine…

Elle avait fini par s'habituer à lui. Il apportait de l'animation à la vie sur l'île.

À cet instant son mobile sonna. Un numéro inconnu s'afficha sur l'écran.

— Allô ?

— Salut, Brooklyn, c'est Cole.

— Oh ! tu as mon numéro ?

— Oui, Jeremy, mon agent immobilier l'avait obtenu quand… j'essayais de racheter ta propriété.

Elle rit de sa franchise embarrassée.

— Mystère résolu. Quoi de neuf ?

Cole l'appelait ! Cela n'aurait pas dû la griser, mais il y avait une liste infinie de « ne devrait pas » le concernant et elle les avait tous ignorés jusque-là.

— Je donne un dîner chez moi ce soir. Il y aura Jeremy et sa femme Tori ; Branson et Jessica – une artiste de renom – seront là aussi, or je déteste être la cinquième roue du carrosse donc je me suis demandé si tu accepterais de te joindre à nous.

Brooklyn ne sut s'il l'invitait en tant que compagne ou bouche-trou. Question impossible à poser.

— Je ne connais pas tes amis. Ça ne va pas être gênant ?

— Non, ce sera très simple. Ils n'ont pas encore eu l'occasion de venir depuis que j'ai emménagé. J'ai donc pensé faire ce dîner avant l'arrivée de l'ouragan annoncé.

Comme elle hésitait, il poursuivit :

— Si tu ne peux pas, je le comprendrai. Je m'y suis pris en dernière minute.

Le court délai aurait été une bien piètre excuse. Une île si peu peuplée n'offrait pas un calendrier de vie sociale surchargé.

— Non, je suis libre.

— Formidable ! Viens quand cela te convient à partir de 18 heures. On prendra l'apéritif. Tout le monde dormira sur place donc on peut se permettre un excès.

Réalisant qu'elle venait d'accepter un dîner en compagnie de milliardaires, Brooklyn commença à paniquer. Même en étant à la tête de sa propre petite entreprise, elle allait faire figure de parente pauvre. Une fille qui n'avait même pas fini ses études universitaires, et serait incapable de prendre part à la conversation. Seule avec Cole, elle ne faisait pas attention à leurs différences.

— Hé ! s'exclama-t-il. J'entends d'ici les rouages de ton cerveau fonctionner à plein régime. N'envisage surtout pas de te désister.

— Qui a dit que j'avais changé d'avis ?

Si Brooklyn était douée pour une chose, c'était bien pour prétendre. Prétendre être une femme forte, indépendante et… intacte. Mais elle n'avait pas l'intention de partager l'histoire de ce manque d'intégrité émotionnelle avec Cole.

— Raelynn a décidé de nous gâter. Ne grignote pas avant d'arriver.

— Que puis-je t'apporter ?

— Ta personne. Rien d'autre. À bientôt.

Il raccrocha avant qu'elle ait pu lui dire au revoir. Pas grave. Elle avait déjà rencontré Tori, une charmante jeune femme, et il ne s'agissait que d'un dîner. De plus, Brooklyn était curieuse de voir quels changements Cole avait apportés au manoir. L'ameublement trop chargé et sombre d'Ernest ne lui semblait pas correspondre aux goûts de son nouveau propriétaire.

Brooklyn rangea son tricot, puis partit prendre un bain afin de chasser ses angoisses. Plus décontractée après une demi-heure dans une eau parfumée à la lavande, elle enfila un pantalon noir ajusté puis un ample pull-over framboise décolleté en V – une de ses créations – et des bottines avant de relever ses cheveux en un chignon rond au sommet de sa tête. Comme sa tenue était sobre, elle opta pour un maquillage des yeux plus soutenu et un gloss pour les lèvres.

Une fois prête, elle prit quelques profondes respirations et était en train de se répéter : *Ce n'est qu'un dîner, pas un rendez-vous galant*, lorsqu'un léger coup de klaxon retentit à l'extérieur.

Brooklyn s'approcha de la fenêtre. Une des voiturettes de golf était arrêtée devant son allée, mais un inconnu était au volant. Un éclat de rire lui échappa. Cole s'était débrouillé pour lui envoyer un chauffeur !

Elle souriait encore en s'approchant du véhicule.

— Bonsoir, je suis Brooklyn.

— Et moi, Dan.

— Ravie de faire enfin votre connaissance, Dan. Ça ne vous ennuie pas d'attendre deux minutes, le temps que je sorte mon chien ?

— Pas du tout. Cole nous parle souvent de lui.

— Ah bon ?

— Oui. Selon mon père, il n'a jamais été autorisé à en voir un, mais les a toujours adorés. La résidence Abbott n'était pas… Bref, elle était quasi stérile.

Brooklyn enregistra l'information, et saisit l'occasion de poursuivre le sujet.

— Votre père connaissait Cole ?

— Il a été le chauffeur de M. Abbott senior pendant des années. J'ai donc passé mon enfance à deux pas de chez eux.

Ne voulant pas être indiscrète en lui demandant dans quelles circonstances Cole l'avait embauché, elle rentra chercher Marvin, attendit qu'il ait fait ses besoins, puis l'enferma dans la maison.

— Nous pouvons y aller, dit-elle en prenant place à côté de Dan.

Le soleil s'était couché, l'air était frais sans être froid. Quelques minutes plus tard, Dan s'arrêtait devant la porte d'entrée du manoir.

— Dites à Cole de m'appeler lorsque vous voudrez rentrer, mademoiselle Graves.

— Je vous en prie, appelez-moi Brooklyn. Nous devons tous être amis sur une si petite île.

Il lui adressa un sourire chaleureux.

— Très bien. Je vous reconduirai, ce sera plus agréable que marcher dans le noir.

Brooklyn acquiesça, décidée cependant à rentrer à pied. Elle connaissait Bellwether de fond en comble et lui trouvait une certaine magie, de nuit.

Dan reparti, elle souleva le lourd heurtoir et le laissa retomber contre le bois massif de la porte.

6.

Raelynn ouvrit la porte, un grand sourire aux lèvres.

— Brooklyn ! Je suis heureuse que vous ayez pu venir.

Brooklyn lui rendit son sourire. Elle avait rencontré Raelynn quelques jours auparavant lorsqu'elle était venue discuter de l'entretien des massifs pendant l'hiver. La New Yorkaise comprenait vite et avait une conversation très divertissante. Elle fut heureuse d'avoir une alliée dans la maison.

— Moi aussi. Dan est venu me chercher. Un homme charmant.

— Nous sommes ensemble depuis six ans. Quand Cole nous a embauchés pour travailler ensemble, ce fut comme un rêve devenu réalité.

Le couple repartirait avec lui à New York, mais reviendrait prendre en charge la partie domestique des retraites lorsqu'il ne pourrait être présent, lui avait dit Raelynn lors de leur conversation précédente. Une preuve de la confiance que leur patron leur accordait.

— Venez vite, tout le monde est arrivé.

Brooklyn, qui s'attendait à être conduite dans le grand salon, fut surprise d'entendre des éclats de rire en provenance de la cuisine. Dès son entrée, Cole capta son regard, les yeux brillants de plaisir.

— Te voilà ! Mes amis, je vous présente Brooklyn, ma voisine préférée. Brooklyn, voici Jeremy, Tori et leur petite Rose, Branson et Jessica.

Jeremy lui rappela John Fitzgerald Kennedy junior. Branson

avait l'air d'un pirate sexy avec ses cheveux noirs lissés en arrière. Rien d'étonnant à ce que Jessica – ravissante avec ses taches de rousseur sur le nez – le regarde avec une telle admiration. Les deux femmes lui sourirent. Elles étaient habillées simplement alors que Brooklyn avait craint de se trouver face à deux femmes en tenue sophistiquée.

— Je suis ta seule voisine, rappela Brooklyn à Cole avant de poursuivre à l'intention des autres. Enchantée de faire votre connaissance. Tori et moi nous sommes croisées un jour. Ça me fait plaisir de vous revoir. Quel adorable bébé vous avez là.

Comme elle prenait le verre de vin que lui tendait Raelynn, Jeremy lança :

— J'espère que Cole ne vous a pas importunée. Lorsqu'il veut quelque chose, il est capable de se montrer terriblement insistant.

— Pas du tout. Je ne veux pas vendre, il l'a compris et a abandonné le sujet. Nous sommes devenus amis.

Branson éclata de rire.

— Tu avais raison, Cole, elle a du caractère.

Tori lui posa une main sur le bras.

— C'est excellent. Cole a parfois besoin d'être remis à sa place.

Jessica, appuyée contre l'épaule de Branson, renchérit en souriant :

— Vous avez certainement de la personnalité. Il faut être forte pour vivre ici à longueur d'année.

Cet accueil chaleureux réjouit Brooklyn, qui s'était attendue à une compagnie guindée, or tous étaient très naturels. Elle se sentit alors beaucoup plus détendue.

— Vous êtes une artiste m'a dit Cole. Si l'île vous inspire, vous y êtes la bienvenue. Je serai heureuse de vous en montrer ses moindres recoins.

— Tu vois, Branson, c'est exactement ce que tu aurais dû

me dire le jour où tu m'as trouvée en train de prendre des photos de ton phare.

Branson leva les yeux au ciel.

— Sortez de ma cuisine, maintenant, intervint Raelynn, qui s'activait devant ses fourneaux. J'ai du travail à terminer. Je vous appellerai quand le dîner sera prêt.

Sur le seuil du salon, Brooklyn s'arrêta. Cole avait totalement changé la décoration. La pièce, à l'origine dans des tons bordeaux, crème et or, avait été peinte en gris clair. L'ameublement moderne reprenait cette couleur dans des nuances plus soutenues, relevées par des touches de bleu et de blanc. Une image de la mer aux crêtes surmontées d'écume par temps venteux lui vint aussitôt à l'esprit. On aurait dit une extension du paysage.

— Ça te plaît ? demanda Cole.

— Énormément. C'est très différent de ce que c'était. Tu as réussi à recréer à l'intérieur l'atmosphère de l'île.

— Merci. Je te fais faire un tour rapide du reste pour te montrer les autres changements ?

— J'aimerais beaucoup, mais une autre fois peut-être. Tu as des invités aujourd'hui.

— Ils se débrouilleront sans moi un instant.

Il lui montra d'abord le bureau d'Ernest, qui était devenu une salle de réunion dotée d'une grande table, d'un tableau et de matériel de projection.

— Certaines retraites auront pour objet la construction d'esprit d'équipe ou de partage d'idées.

Les couleurs dominantes du salon se retrouvaient dans toutes les pièces du bas. Des œuvres d'art égayaient chaque mur. Celles des couloirs, toutes en noir et blanc, représentaient des bois flottés, des dunes et des falaises. En emménageant, Cole avait fait entrer l'océan. Le tout était à la fois sobre et apaisant avec une énergie sous-jacente que Brooklyn eut du mal à définir, mais qui lui transmettait de sa force, la faisait se sentir ancrée.

— As-tu pris un décorateur ?

— Oui, répondit-il en la conduisant à l'étage. Un New Yorkais. Il a fait du bon travail. Ne trouves-tu pas ?

— Si, excellent. L'ensemble s'intègre parfaitement à l'environnement et te correspond.

— Je suis heureux que tu l'approuves.

— Allons, sois sérieux. Mon approbation t'importe peu.

Cole s'arrêta en haut des marches pour la regarder.

— Ce devrait être le cas ; pourtant, récemment, je me suis surpris à beaucoup me soucier de ton opinion.

— Cole, ne…

— C'est vrai. En fait, je ne veux pas te décevoir.

Sur ces paroles, il lui montra les chambres d'amis et termina par la salle de gymnastique juste au moment où Raelynn annonçait le dîner.

La table était joliment décorée de trois bouquets de fleurs assez bas pour ne pas gêner la vue des convives. Cole la fit asseoir à sa droite et prit Jessica à sa gauche. En face de lui, Jeremy était entre Tori et Branson. Elle eut la nette impression d'avoir été conviée à un repas de couples.

Tous discutaient déjà lorsque Raelynn leur servit une délicieuse soupe de carotte au gingembre. Brooklyn se promit de lui demander sa recette. Ensuite vinrent des asperges enroulées dans une tranche de jambon de Parme et accompagnées du riesling servi avec le potage. Elle se demandait combien d'entrées allaient suivre et si son appétit serait à la hauteur lorsqu'une petite assiette de salade de chou frisé aux pommes parsemé d'arilles de grenade et de graines de courge fut posée devant elle.

— Où as-tu trouvé Raelynn ? Sa cuisine est remarquable.

Cole afficha un sourire heureux.

— Je lui transmettrai ce compliment. Il y a six ans, elle était employée chez un traiteur à domicile et a été chargée d'une soirée chez ma mère. Pour la petite histoire, elle a rencontré Dan ce jour-là. Ils se sont mariés. Plus tard, lorsque j'ai acheté le manoir, je leur ai proposé de travailler à temps complet pour moi.

— Ça ne les dérange pas de vivre dans un endroit aussi isolé ? demanda Jessica. Ne vous méprenez pas, Brooklyn, l'île est charmante mais, pour des gens habitués à la ville, ça doit faire un choc.

— Je comprends. Il m'arrive parfois de m'y sentir coupée du monde.

— Ils ne resteront pas ici tout le temps, intervint Cole. Seulement lorsque leur présence sera nécessaire et probablement l'été. Je souhaite profiter des mois chauds pour me baigner et pêcher en haute mer.

Jeremy s'esclaffa.

— Qui aurait un jour imaginé te voir lever le pied au point de prendre de longues vacances ?

— Et te voir te ranger ! rétorqua Cole d'un ton espiègle.

Tous rirent, puis Branson demanda :

— Ce n'est pas encore au programme pour toi, Cole ?

Brooklyn se sentit mal à l'aise. Elle était l'invitée personnelle de Cole, or la question était ciblée sans toutefois la nommer de manière explicite.

Cole haussa négligemment les épaules.

— Tu me connais, mon vieux. Même si j'ai ralenti mon rythme, j'ai trop à faire pour y songer. Jeremy et toi pouvez porter le flambeau. Ma vie de célibataire me convient à la perfection.

— Ça me va, répliqua Jeremy avec un clin d'œil à Tori.

— À moi aussi, renchérit Branson en posant un baiser sur la tempe de Jessica.

Entourée de deux couples visiblement amoureux, Brooklyn se sentit comme un bouche-trou.

Par chance, Raelynn revint avec le plat principal : un saumon glacé au sirop d'érable accompagné de purée et de petits légumes. Si un tel festin était inhabituel pour Brooklyn, cela paraissait normal aux autres, comme s'il s'agissait là de leur mode de vie quotidien. Un pinot noir fut alors servi. Un accord mets-vins parfait en plus d'une nourriture raffinée. Heureusement que Cole lui avait annoncé un dîner très simple !

Jessica aborda alors un nouveau sujet.

— J'adore votre pull, Brooklyn. C'est du cachemire, n'est-ce pas ?

— En effet. Je vous remercie.

— Tori nous a dit que vous avez votre propre entreprise de tricot. Est-ce une de vos créations ?

Brooklyn regarda Tori, qui lui souriait. Elles s'étaient rencontrées brièvement une fois. Comment savait-elle cela ?

— Les gens vous connaissaient dans la région, répliqua Tori en réponse à son interrogation muette. Les tricots que vous mettez en vente à Liverpool partent comme des petits pains. Et l'hiver dernier, ma mère a téléchargé un de vos patrons pour couverture de bébé.

— Ah bon, lequel ?

— Un modèle ajouré pour berceau. Un régal à tricoter, m'a-t-elle dit.

— Je m'en souviens, dit Jessica. Je l'ai vue, elle est magnifique. Ça vaudrait une fortune à Manhattan.

Brooklyn rit.

— J'imagine mal qu'il y ait un marché pour le tricot fait main dans un quartier si huppé.

Cole intervint.

— Fais donc une étude de marché, tu risques d'être surprise du résultat.

— Mon entreprise n'est pas assez importante pour une telle démarche. Sa taille me convient, car je peux la gérer à mon rythme.

Brooklyn mangea une bouchée de poisson dans l'espoir de calmer les battements de son cœur, qui s'étaient emballés. Tout le monde était charmant, pourtant elle se sentait hors de sa zone de confort.

C'est alors que Branson intervint.

— Jessica et moi vous comprenons. Vous avez un travail créatif, or une trop grande marchandisation peut entraver la créativité.

— Vous avez raison. Vivre simplement ne me dérange pas, surtout quand ça me permet de me sentir en harmonie avec mon travail.

— Je suis d'accord, renchérit Jessica avant de poursuivre à l'intention de Tori. Si tu nous parlais de la rénovation de ta maisonnette. L'as-tu commencée ?

Et elle précisa pour Brooklyn :

— J'y ai séjourné en début d'été. J'ai été leur premier hôte, elle est ravissante.

Heureuse de voir le sujet s'éloigner d'elle, Brooklyn put déguster son saumon. Lorsque le dessert arriva, bien que rassasiée, elle ne put résister à la crème brûlée de Raelynn.

Une fois le dîner terminé, ils se retirèrent pour prendre le café dans le salon où un feu de bois crépitait dans la cheminée. Ajoutées au subtil éclairage indirect, les flammes donnaient à la pièce une atmosphère très intime. Pendant que Tori montait jeter un coup d'œil à sa petite Rose dans la chambre, Brooklyn se demanda pourquoi Cole l'avait invitée. Avec des amis si proches, il n'avait nul besoin d'une partenaire de table. Pourquoi l'avait-il embrassée aussi ? Bref, qu'attendait-il d'elle alors qu'il ne serait toujours que de passage sur l'île ? Il ne lui avait pas donné l'impression d'être un collectionneur de conquêtes mais, après tout, elle ne le connaissait que superficiellement.

Son café bu, les voyant tous lovés dans les confortables canapés, elle préféra les laisser finir la soirée entre eux, et se leva.

— Il est temps pour moi de rentrer. Merci pour l'invitation et le merveilleux dîner. Je vais pouvoir me passer de manger toute la semaine !

— Si tôt ? demanda Cole. Il n'est que 21 heures.

— Je dois me lever à l'aurore car les commandes affluent en cette période de l'année. Je ne veux pas prendre de retard.

— Ce n'est pas étonnant, avec Noël dans deux mois, dit Tori, qui venait de redescendre. Vous devez attraper des crampes à force de tant tricoter.

— Au contraire, c'est reposant. J'ai été très heureuse de passer du temps avec vous tous ce soir.

C'était vrai. Sa gêne n'avait rien à voir avec eux, mais venait du fait qu'ils appartenaient à un monde très étranger au sien.

— J'appelle Dan, déclara Cole en se levant, il va te reconduire.

— Non, je t'en prie, n'en fais rien. La nuit est belle, je préfère marcher.

— Dans ce cas, je marcherai avec toi.

Consciente des deux autres couples suspendus à leurs paroles, Brooklyn se hâta de l'en dissuader.

— C'est inutile, reste avec tes invités, Cole.

— On peut se passer de lui pendant une demi-heure, intervint Tori.

— Tu vois ?

Protester davantage aurait été indélicat. De plus, connaissant Cole, elle n'aurait pas eu gain de cause !

— Alors, je m'incline.

À peine dehors, Cole s'exclama :

— Regarde ce ciel sans nuages ! Loin de la pollution lumineuse des villes, on voit des milliers d'étoiles.

Brooklyn leva la tête.

— Des millions, tu veux dire.

— Toutes ces étoiles me font me sentir infiniment petit et, en même temps, me donnent l'impression d'appartenir à un monde immense.

— J'ai souvent éprouvé ce sentiment. Quand mon frère, ma sœur et moi étions petits, nous nous allongions sur la plage pour les regarder. Ma mère se mettait en colère à notre retour car nous avions les cheveux pleins de sable et des piqûres de puces de mer sur les bras et les jambes. Mais ma grand-mère comprenait notre fascination, et nous enduisait de lotion à la calamine pour calmer les démangeaisons.

Comme Cole se taisait, elle tourna la tête vers lui. Il la regardait avec un sourire triste.

— Qu'y a-t-il ?

— Rien. Simplement, je n'ai jamais rien fait de tel dans mon enfance. Mais je n'avais ni frère ni sœur.

Il avait dû se sentir très seul et, bien sûr, ce genre de souvenirs ne s'achetait pas, songea Brooklyn. Sur une impulsion, elle lui saisit la main et l'entraîna vers la côte.

Cole la suivit, envoûté. En fait, il l'était depuis son arrivée chez lui. Elle était si belle avec ses cheveux relevés, dégageant son cou gracile qu'il avait eu envie de parcourir de baisers. Aurait-elle frissonné ou l'aurait-elle repoussé ? Il préféra ne pas s'attarder sur cette question, et se remémora le plaisir évident de Brooklyn pendant le dîner. Elle avait apprécié la nourriture et les vins. Pour lui, il s'agissait d'un simple repas entre amis mais, pour elle, il avait eu l'impression que c'était spécial.

À vrai dire, ce repas avait été spécial pour lui aussi dans la mesure où il n'avait jamais auparavant invité de femme à leurs dîners de copains. Cela expliquait la question de Branson concernant la fin éventuelle de son statut de célibataire. L'espace d'une seconde, il en avait considéré la possibilité. Très surprenant.

Et plus étonnant encore, il suivait Brooklyn à travers les herbes folles sans autre idée en tête que le simple plaisir d'être avec elle. Sans la moindre envie d'être ailleurs. C'était nouveau. Très nouveau. Et particulièrement agréable. Mais aussi un signe clair de complications à venir. Jusque-là, ses relations s'étaient uniquement bornées à une satisfaction immédiate. Il ne cherchait rien de plus. N'offrait… rien d'autre.

Arrivée au sommet du talus, elle lui lâcha la main, ôta ses bottines, puis sauta.

— Viens ! s'exclama-t-elle en courant vers la mer.

Là commençaient les complications ! Son ensemble complet-veston n'était pas une tenue de plage. Brooklyn ne semblait pas avoir ce genre de problème. Bras tendus vers le ciel, elle offrait son visage aux étoiles. Brusquement, elle revint vers lui.

— Allez, qu'est-ce que tu attends ?

Cole enleva chaussures et chaussettes. Le sable froid s'infiltra entre ses orteils quand il saisit sa main tendue pour descendre le talus, mais il rit, en proie à une soudaine insouciance.

Deux mètres plus loin, Brooklyn se laissa tomber au sol, l'entraînant à sa suite.

— Nous allons regarder les étoiles.

Il ôta aussitôt sa veste.

— Attends, mettons ça sous nos têtes pour éviter le sable dans les cheveux.

Elle l'étala.

— Voilà, maintenant, allonge-toi.

Il hésita une fraction de seconde, se demandant s'il y avait encore des puces de sable en cette saison ou si elles hibernaient. Puis réalisa que, puces ou pas, il avait envie de s'étendre à côté d'elle. Ce qu'il fit.

Les yeux fermés, Cole goûta la sensation du corps de Brooklyn si proche du sien.

— Tu vois comme c'est beau ?

Il rouvrit les yeux. Des milliers d'étoiles brillaient au-dessus d'eux sur l'immense obscurité de la voûte céleste. Le bruit des vagues se brisant sur le sable ajoutait de la magie à l'instant. Le souffle proche de Brooklyn et l'odeur de son parfum l'empêchaient toutefois de se décontracter totalement. Mais lorsqu'elle approcha sa main et posa son pouce sur le sien, son cœur se serra. Son geste était si spontané, si doux, si plein de chaleur humaine…

Brooklyn Graves était aussi belle à l'intérieur qu'à l'extérieur.

— Regarde, murmura-t-elle en pointant un doigt en l'air. Un satellite traverse le ciel.

Une lumière argentée décrivait effectivement un arc précis.

— Tu connais les constellations ?

Avant de répondre, elle éloigna sa main. Ce contact manqua à Cole.

— Non, je reconnais seulement la Grande et la Petite Ourse. J'invente une histoire aux autres formations qui me sautent aux yeux, un peu comme on s'amuse à en imaginer pour les nuages.

Cole n'avait jamais connu de femme qui ait la fantaisie d'inventer ses propres constellations. Une évidence le frappa : il n'avait peut-être pas fréquenté les bonnes. L'exemple familial l'aurait-il poussé vers celles mondaines et distantes à l'instar de sa mère ? C'était possible quand lui, à l'image de son père, se noyait dans son travail. Abbott Industries, l'amour de sa vie, passait avant quiconque pour Cole Abbott senior. Son testament comportait d'ailleurs une consigne explicite pour son fils : « Je t'en supplie, prends soin de ma compagnie. » Aucun souhait de le voir trouver le bonheur ou l'amour. Lorsque, le jour de l'enterrement, il avait vu le visage impassible de sa mère, il s'était demandé si ses parents s'étaient jamais aimés.

Il poussa un profond soupir, comme pour évacuer le passé, mais il lui revenait régulièrement à l'esprit, en particulier récemment. Il ne pouvait s'imaginer vivre un mariage sans amour ou, pire, aimer et être abandonné. Surtout en ne se trouvant pas digne d'être aimé en premier lieu.

— Voilà un soupir révélateur de pensées profondes. Tu vas bien ?

Sentant le regard de Brooklyn sur lui, Cole fixa les étoiles.

— Oui. Je réfléchissais simplement.

— À quoi ?

— À ma famille.

Il hésitait à lui en dire davantage car il ne parlait jamais de sa vie personnelle, mais Brooklyn lui donnait envie de se confier.

— Ma mère ne se serait jamais allongée en pleine nature sous les étoiles. Mon père non plus, d'ailleurs. Ils étaient trop froids, pragmatiques pour cela. Pour être franc, je me suis toujours demandé pourquoi ils m'avaient eu, car leur mariage n'était pas heureux, je n'y sentais aucun amour. J'ai passé ma vie à essayer de gagner leur attention, à me rebeller même pour l'obtenir. Peu importe, c'est trop tard maintenant.

— Pour ton père, je comprends, mais ta mère est toujours vivante, non ?

— Oui. Nous avons toutefois une relation très superficielle. Elle n'a jamais été maternelle.

— Je vois.

— Absorbé par cette quête de reconnaissance, j'en ai oublié de vivre. Venir sur cette île me l'a fait comprendre. Je ne suis toutefois pas certain de savoir que faire de cette révélation.

— Tu le découvriras. Tu as apporté pas mal de changements à ta vie depuis ton alerte de santé, d'autres en découleront probablement.

— Appelons-la par son nom. C'était une dépression nerveuse. Je l'ai tenue secrète sous peine de voir les actions d'Abbott s'effondrer.

— C'est une pression énorme à supporter seul.

Cole ne répondit pas, car elle avait raison.

— Que vas-tu faire maintenant ?

— Je dois mettre un terme à mon comportement autodestructeur. Me noyer dans le travail n'est pas une solution. Cela dit, j'ai encore besoin d'un but et d'une occupation. Je ne peux pas m'isoler ici éternellement.

— Le tout est de trouver un équilibre.

— Oui, c'est un concept à la mode. Pour moi, cela se

résume à m'assurer de faire des pauses afin de décompresser pour ne pas m'épuiser. Ça semble facile en théorie, mais les habitudes d'une vie sont difficiles à perdre.

Au bout de quelques semaines sur l'île, l'impatience le gagnait déjà. Cole aimait son travail. Il aimait construire, aider les gens et résoudre les problèmes. Et jusque-là, il avait pris soin de la compagnie de son père. L'avait même fait prospérer.

— Tu as de merveilleux amis pour te soutenir.

La sentant se rapprocher de lui, Cole s'assit et lui tendit un bras.

— Tu as froid. Viens.

Ne la voyant pas bouger, il se demandait que faire lorsqu'elle se releva pour s'appuyer contre lui. Il lui passa alors un bras autour des épaules, surpris de la perfection avec laquelle leurs corps s'emboîtaient. Cela lui sembla si naturel que, pour la première fois de sa vie, il souhaita avoir une relation durable.

Après quelques minutes passées à contempler les étoiles en silence, Cole hésita entre la raccompagner chez elle comme un homme galant et l'embrasser. Brooklyn ayant mis son veto aux baisers, la raccompagner s'imposait. Ensuite il lui faudrait oublier cette promenade impulsive sur la plage et rentrer à New York. Elle n'était pas le genre de femme dont on s'amusait.

Il la lâcha donc mais, au lieu de se lever, s'allongea sur le côté, la tête sur la main.

— Tu es censé regarder les étoiles, dit-elle sans détourner les yeux.

— Ce que je regarde est bien plus beau.

— Réplique classique de séducteur.

— Sauf quand elle est sincère.

Brooklyn se tourna vers lui.

— Que veux-tu, Cole ?

Sa question demandait une réponse. N'ayant pas envie de mentir, il opta pour la franchise.

— Toi.

Il vit ses yeux s'agrandir et sa poitrine se soulever rapidement sous son pull-over.

— Mais rien de plus, n'est-ce pas ? Tu ne cherches pas une relation.

— Je suis franc avec toi, Brooklyn. Je ne te ferai pas de promesse pour obtenir ce que je veux.

— Pourtant tu me désires.

— Effectivement, mais j'ai accepté de ne plus t'embrasser. La décision dépend donc de toi. En aucun cas je ne te forcerai. Je te traiterai toujours avec respect.

Il vit son regard s'adoucir.

— Même quand tu voulais acheter ma propriété, tu n'as pas cherché à me manipuler… Je te fais confiance, Cole.

Sa manière de le dire le laissa penser qu'elle n'admettait pas cela souvent. Il n'eut cependant pas le loisir d'y songer davantage car elle le surprit en abaissant lentement la tête jusqu'à ce que ses lèvres soient sur les siennes. Cole la fit rouler sur le dos et prit possession de sa bouche, y retrouvant le léger goût vanillé de la crème brûlée. Il glissa ensuite une main sous son pull-over. Sentant alors sa peau chaude et douce, puis le renflement de ses seins, il abandonna ses lèvres pour faire descendre sa bouche le long de son cou. En réponse, elle renversa la tête en arrière et glissa un genou entre ses jambes.

Un désir brutal déferla sur Cole. D'un côté il avait envie de se laisser entraîner là où Brooklyn voudrait bien l'emmener, de l'autre sa conscience lui intimait de ralentir.

Il éprouvait le besoin de la protéger !

Aussi inattendue que soit cette pensée, elle le força à maîtriser ses ardeurs. Il sortit donc sa main de sous son pull-over, et se contenta dans les minutes suivantes de longs et doux baisers qui l'enivrèrent.

Lorsqu'ils se séparèrent, il posa son front contre le sien et murmura :

— Enfreindre une interdiction ainsi est extrêmement agréable. Quoi qu'il arrive, je n'aurai aucun regret.

Elle recula la tête.

— Comment ça, « quoi qu'il arrive » ?

Cole la regarda droit dans les yeux.

— Je n'habite pas ici. Cette île fait partie de ma vie, mais pas de la même manière que pour toi. Pour moi, c'est d'abord un refuge, ensuite un endroit où amener des hommes et des femmes qui, pris par leur existence stressante, oublient de prendre soin d'eux-mêmes. Un endroit où les aider à ne pas vivre ce qui m'est arrivé. Tu me plais beaucoup. Je te désire éperdument, mais je ne veux pas te donner d'espérances irréalistes.

— Donc il s'agit d'une passade.

— Non, répondit-il en lui relevant le menton d'un doigt. Il ne s'agit pas d'une passade. Tu comptes pour moi. Une passade se résume à quelques rendez-vous torrides sans suite. Ce n'est pas nous.

Cela avait pourtant été lui, son mode de relations. Bien que l'admettre à voix haute soit embarrassant, Brooklyn méritait cette franchise. Elle méritait d'être traitée dignement.

— Mais tu vas partir ?

— Oui, très bientôt.

Elle soupira puis s'assit. Des grains de sable accrochés à son pull-over rappelèrent à Cole l'histoire de son enfance qu'elle avait partagée avec lui.

— Es-tu encore proche de ta famille, Brooklyn ?

Son regard se perdit sur l'océan, elle entoura ses genoux de ses bras.

— Plus autant que par le passé. Nous sommes dispersés géographiquement à présent.

Son changement de position accompagné d'une réponse circonspecte éveilla la curiosité de Cole. Elle pouvait s'installer où elle voulait vu la nature de son travail. Alors pourquoi sur cette île isolée ? Que fuyait-elle ?

Il n'eut pas le loisir de le lui demander car elle se leva d'un bond et se mit à frotter le sable de ses vêtements.

— Tu devrais rentrer. Tu as laissé tes amis assez longtemps.

— J'ai le temps de te raccompagner.

Cole ramassa sa veste. Ils remontèrent le talus, remirent leurs chaussures, puis il lui tendit la main. Elle la prit après une brève hésitation. Ils rejoignirent alors le chemin et marchèrent en silence jusqu'à la ferme.

La lampe du porche était allumée. Cole combattit un brusque sentiment de nostalgie face à cette lumière accueillante symbole de chaleur humaine. Il avait tant souhaité avoir un foyer au lieu d'un lieu de résidence. Le seul endroit qui en avait été proche était Merrick Hall, quand il était pensionnaire avec Jeremy et Branson. À l'époque, leur présence lui donnait cette impression. À présent, elle ne lui suffisait plus.

Même s'il connaissait Brooklyn depuis quelques semaines seulement, chaque fois qu'il était allé chez elle il s'était senti à l'aise. Sa maison était douillette. Pourquoi ? C'était un mystère.

— Nous nous quittons ici, j'imagine, dit-il avec douceur.

— Merci de m'avoir invitée à dîner et présenté tes amis. Ils sont charmants.

— En effet.

— Complimente Raelynn sur sa cuisine pour moi.

— Je n'y manquerai pas.

Il lui posa un baiser sur les lèvres, très léger mais qui suffit à lui donner envie de plus. Mieux valait rentrer, boire un whisky avec ses copains et prendre un peu de recul. Les étoiles et le clair de lune semblaient avoir un étrange effet sur un homme.

— Bonne nuit, Brooklyn.

— Bonne nuit, Cole. Je vais attendre que tu aies disparu pour laisser sortir Marvin sinon tu ne pourras pas partir avant vingt minutes. Il est très démonstratif après quelques heures de solitude.

Cole sourit, mais sa poitrine était serrée. Il sentait grandir en lui d'étranges sentiments pour cette femme et son chien.

Il tourna les talons, descendit l'allée, puis reprit le chemin du manoir.

7.

Au saut du lit, Brooklyn consulta le bulletin météorologique. Par chance, l'ouragan avait perdu de sa force en remontant vers le nord. Elle partit donc aussitôt sur le continent faire des courses avant que la mer grossisse davantage.

À son retour, rien de nouveau du côté des prévisions. Cependant, même si l'ouragan continuait à faiblir, Brooklyn était certaine d'être privée de courant pendant plusieurs jours. Son groupe électrogène alimenterait le réfrigérateur, ainsi qu'un appareil ou deux de manière ponctuelle ; pour le reste, il lui faudrait avoir recours à des moyens traditionnels, comme le chauffage au bois. À cet effet, elle avait déjà empilé assez de bûches sur la terrasse couverte arrière pour tenir une semaine. Quant à la lumière, ses lampes à huile y pourvoiraient. Elle s'imagina même en train de tricoter sous leur halo chaleureux.

Cette tempête allait être sa première sans Ernest. En fait, elle risquait de la passer seule, car Cole ne l'avait pas contactée depuis le dîner chez lui. Même s'il lui manquait, elle ne s'était pas manifestée non plus, préférant conserver le souvenir de baisers au clair de lune avec un milliardaire. L'expérience d'une vie ! Cette pensée la fit sourire. La lumière des étoiles provoquait d'étranges réactions. Pour la première fois depuis une éternité, elle avait oublié de se sentir menacée. Et d'être prudente. Encore plus bizarre, elle lui avait dit avoir confiance en lui.

Histoire de chasser ces pensées troublantes, Brooklyn alla

remplir ses lampes d'huile puis mit des piles neuves dans ses torches. Marvin la suivit pas à pas. Une indication, si besoin était, que le gros temps approchait. Dehors, le soleil brillait, l'air était doux et humide, mais le vent ne s'était pas encore levé. Il ne tarderait toutefois pas à le faire. Elle se demanda si Cole s'était préparé. Son bateau était à quai aussi ; à moins qu'il ne soit parti en hélicoptère pendant qu'elle était en ville, il devait encore être sur l'île.

Soucieuse de prendre les précautions maximales, elle appela Dan puis se mit en route pour le manoir, Marvin sur ses talons.

— Êtes-vous certaine que ce tracteur peut tirer les bateaux hors de l'eau ? demanda Dan en la voyant arriver.

— Absolument. Je vais les remiser dans le hangar pour éviter qu'ils ne se fracassent contre le ponton. Ils seront aussi à l'abri d'une chute d'arbre.

— Très bien, voici les clés. Je préfère vous laisser diriger les opérations car je suis plus habile avec les limousines qu'avec les bateaux.

— Pas de problème, je connais la procédure. Et je suis douée pour donner des ordres.

Tous deux rirent. Elle aimait beaucoup Dan. Raelynn et lui formaient un couple vraiment mignon.

Quelques minutes plus tard, Brooklyn s'engageait dans l'allée. Elle adorait conduire ce tracteur. Il était un peu gros pour leurs besoins, mais Ernest achetait toujours ce qui se faisait de mieux. Et, force était de le reconnaître, il était efficace par temps de neige.

De plus, rentrer les bateaux s'imposait. Le sien était son seul moyen de rejoindre le continent.

Un ronflement de moteur attira Cole à sa fenêtre. À sa grande surprise, il vit le gros tracteur orange descendre l'allée. Brooklyn était au volant, Marvin à côté, et Dan marchait derrière, en ciré marin et chaussé de bottes. Que diable allaient-ils faire ? Mais plus que cette question, c'était la voir conduire un engin agricole de cette taille qui l'intriguait. Son autonomie ne cessait de l'impressionner. En plus d'être ravissante, elle était dotée de nombreuses aptitudes.

Saisi de curiosité, il enfila une veste puis les suivit de loin. La tempête ne l'inquiétait pas vraiment. Le manoir possédait un important groupe électrogène, assez de provisions pour soutenir un siège, et il avait déjà dit à Dan et Raelynn de venir s'y installer s'ils le souhaitaient.

Comme il franchissait la butte avant la ferme, il vit Brooklyn et Dan en train d'accrocher une remorque au tracteur. Cole s'arrêta et les regarda. Brooklyn manœuvra le tracteur en marche arrière jusqu'à ce que la remorque soit dans l'eau. Elle donna alors des instructions à Dan avant d'aller lâcher les amarres de son bateau et le guider sur la remorque. Elle cria ensuite à Dan de prendre le volant et de tirer.

Petit à petit, l'attelage sortit de l'eau. Quelques minutes plus tard, le bateau était à l'abri dans le hangar.

Lorsque Cole vit Brooklyn sortir la seconde remorque, il descendit la pente. C'était son bateau, donc sa responsabilité. Et il avait envie de s'essayer à la manœuvre. Une nouveauté étant donné que tout travail manuel avait été effectué pour lui jusque-là.

— Attendez-moi ! cria-t-il.

Marvin bondit aussitôt à sa rencontre. Cole s'arrêta pour le caresser.

— Doucement, mon chien, dit-il avant d'ajouter à l'intention de Brooklyn : J'ai vu qu'il aimait se balader en tracteur.

— Oui, il adore. On ne s'en sert pas souvent en été, seulement pour tirer un arbre abattu ou pour les bateaux. Ernest en avait un aussi, d'où les deux remorques.

— Je vais vous aider à sortir le mien.

— D'accord. Je vais reculer le tracteur jusqu'à l'eau puis, comme Dan a des bottes, il m'aidera, et tu prendras le volant.

Aussitôt dit, aussitôt fait et, dès que Cole s'installa au volant, Marvin reprit fièrement sa place près de lui. Son bateau étant plus lourd que celui de Brooklyn, le tracteur peina un peu à monter le raidillon. Elle prit ensuite la relève pour le placer à l'intérieur du hangar où la manœuvre était délicate.

— Je vous offre un café, messieurs ?

Dan hésita avant de secouer la tête à regret.

— Raelynn m'attend. Je lui ai promis de ne pas m'attarder, nous devons rentrer le mobilier extérieur et sécuriser les objets susceptibles d'être déplacés par le vent.

Cole apprécia qu'il veuille le laisser seul, mais ne voulut pas le priver d'une pause sympathique.

— Vous avez encore du temps devant vous, Dan. Il n'y a pas d'urgence.

— C'est vrai, intervint Brooklyn. Un café prendra cinq minutes, et à trois le travail a été plus rapide.

— Dans ce cas, d'accord, mais seulement si vous restez aussi, Cole.

— Bien sûr.

Il les regarda marcher devant lui en bavardant, Marvin sur leurs talons. Dan était un homme amical, facile à vivre. Lui et Brooklyn étaient aussi décontractés ensemble que de vieux amis. Cole repensa au dîner. À plusieurs reprises, elle lui avait semblé gênée. D'habitude, il n'était pas conscient de leurs différences de mode de vie mais, en la voyant conduire le bateau et discuter avec Dan, il réalisa combien leurs mondes étaient opposés. Visiblement, elle était plus à l'aise dans le sien.

Comme ils disparaissaient dans la maison, Cole ramassa la balle que Marvin venait de déposer à ses pieds et la lui lança jusqu'à ce que Brooklyn sorte, un mug à la main.

— Arrête de jouer avec ce chien et viens boire ton café.

Cole sourit.

— Il me l'a demandé si gentiment.

— Il le fait toujours.

Au moment où il lui prit le mug, leurs doigts s'effleurèrent. Ce contact lui rappela leur tendre intermède sous les étoiles. Il sut alors que rester était une erreur. Faute de pouvoir partir alors que Dan les rejoignait sur la terrasse, il se promit de demeurer désormais courtois, sans plus, sous peine de se mettre dans une position inextricable.

Brooklyn ayant déjà remisé les fauteuils à l'abri, ils s'assirent sur les marches pour discuter des prévisions météorologiques. Tous trois avaient déjà vécu des tempêtes, elles étaient fréquentes sur cette côte d'Amérique du Nord. Mais c'était la première fois que Cole en passerait une sur une minuscule île et non dans la confortable résidence familiale ou dans le dortoir d'un pensionnat d'élite. Même si Bellwether n'était pas très éloignée du continent, une fois l'ouragan arrivé, ils seraient coincés jusqu'à ce qu'il passe. Être si totalement à la merci de Mère Nature procurait un intense sentiment de vulnérabilité.

— L'ouragan est toujours classé catégorie deux, dit Dan. Il va faire de gros dégâts.

Brooklyn soupira :

— Oui, et l'onde de tempête peut être dévastatrice. Cole, ton ami Branson s'est préparé ? Sa maison est superbe, mais elle est très proche de la mer et la falaise n'est pas haute.

— Tu la connais ?

— Tout le monde connaît cette propriété. Le phare est un endroit célèbre pour les lycéens en quête d'intimité.

Dan rit. Cole se demanda si Brooklyn était allée échanger des baisers avec un amoureux là-bas. Ne voulant pas garder cette image en tête au cas où elle confirmerait, il se garda de poser la question.

— J'espère qu'il est prêt. Tout comme Jeremy. Nous sommes tous trois dans l'axe dangereux.

Ils buvaient leur café en silence lorsque Cole demanda :

— C'est une idée où le vent se lève ?

— Il se lève, répondit Brooklyn, et la mer va s'agiter sous

peu. Demain soir nous serons au cœur de la tempête. Lors de la dernière, l'électricité a été coupée pendant cinq jours, y compris sur le continent. Ce n'est pas idéal, mais on survit si on est préparé.

Cole remarqua alors une légère inquiétude sur ses traits.

— Tu peux venir au manoir avec Marvin attendre qu'elle passe.

— Ça ira. On a l'habitude.

Bien sûr, une femme aussi indépendante et autonome qu'elle était capable de tout affronter.

— Je n'en doute pas, mais sache que tu es la bienvenue.

— Je te remercie.

Cole se leva.

— Merci pour le café, je dois rentrer maintenant. J'ai une visioconférence avec le bureau de New York dans deux heures.

— Moi aussi, sinon Raelynn va s'inquiéter. Vous voulez monter avec moi sur le tracteur, patron ?

— Non, je vais marcher. À bientôt, Brooklyn. Encore merci d'avoir remisé mon bateau. Prends soin de toi et sache que mon invitation tient toujours.

Elle hocha la tête. Cole essaya de ne pas l'imaginer seule au milieu des vents rugissants. Même en la sachant capable de prendre soin d'elle, il était tenaillé par l'envie de la protéger. Pourquoi diable éprouvait-il sans arrêt ce sentiment en sa présence ?

8.

Le lendemain, bien que l'ouragan Paula ait été rétrogradé en catégorie un et n'ait pas encore atteint la Nouvelle-Écosse, la côte est était déjà privée d'électricité. Le vent soufflait en rafales depuis le début de l'après-midi. À 16 heures, le ciel était si couvert qu'il faisait presque noir à l'intérieur.

Assise dans un fauteuil près de la fenêtre, Brooklyn caressa la tête de Marvin allongé à ses pieds. Quel fidèle compagnon, toujours présent à ses côtés au moindre signe de trouble…

À cet instant, un fort craquement se fit entendre. Elle sursauta, leva les yeux et vit une branche du plus grand arbre du jardin s'incliner dans l'allée. Et ce n'était que le prélude de la tempête. Les dégâts allaient être importants. Pensant soudain à Cole, Dan et Raelynn en sécurité ensemble dans le manoir, toute envie de rester seule la déserta.

Brooklyn mit dans un sac à dos ses affaires de toilette, un pyjama ainsi qu'une tenue de rechange puis ajouta une boîte de croquettes. Après tout, Cole l'avait invitée par deux fois. Le temps se calmerait certainement dans la nuit et lui permettrait de revenir au matin brancher le groupe électrogène et évaluer les dommages. Ses bottes et son ciré à capuche enfilés, elle mit sa laisse à Marvin.

— Viens, mon chien, on va se mettre à l'abri en bonne compagnie.

Une bourrasque les frappa de plein fouet à leur sortie, la faisant tituber. Une fois sur le chemin du manoir, Brooklyn courba le dos pour avancer contre la pluie qui lui cinglait le visage, tenant fermement la laisse de Marvin. Sur sa droite, d'énormes vagues déferlaient sur les rochers avec fracas.

Le temps d'arriver chez Cole, elle était essoufflée. Et Marvin était trempé. Ils allaient salir la maison. N'ayant toutefois aucune envie de repartir, Brooklyn souleva le gros heurtoir.

La porte s'ouvrit. Cole les regarda, bouche bée. Une femme en ciré jaune canari et un chien mouillé, queue entre les jambes, avaient en effet de quoi surprendre. À cet instant, une nouvelle bourrasque projeta la pluie contre la façade.

— Entrez vite, tous les deux, avant que le vent vous emporte.

— Nous sommes dégoulinants.

— Pas grave, mettez-vous sur le tapis, je vais chercher des serviettes.

Lorsqu'il revint avec deux épaisses sorties de bain, Brooklyn enleva son ciré puis s'épongea le visage. Avant toutefois qu'elle ait eu le temps de sécher Marvin, il se secoua avec vigueur, envoyant de l'eau partout dans l'entrée et sur le pantalon de Cole.

— Arrête, Marvin. Je suis désolée, il t'a sali.

Cole rit.

— Ce n'est que de l'eau.

Il se mit alors à frictionner Marvin.

Le chien étira aussitôt le cou, museau levé en une expression de béatitude canine.

— Tu aimes ça, n'est-ce pas ?

Brooklyn leva les yeux au ciel.

— Quand il s'agit de se faire caresser, gratter ou frotter, il est toujours prêt !

Pendant que Cole lui séchait le dessous des pattes, elle jugea poli de justifier son arrivée à l'improviste.

— Le courant a été coupé, puis une grosse branche d'arbre est tombée devant la maison. Je me suis sentie un peu seule à l'idée d'affronter le gros de la tempête cette nuit, et comme tu m'as proposé…

— Tu n'as pas à me fournir d'explication, l'interrompit-il.

Je vous ai invités. Il y a beaucoup de place, le groupe électrogène est puissant, c'est confortable et chaud.

— Je ferai attention à ce que Marvin se tienne bien.

Cole détacha la laisse.

— Il se tient toujours bien. Allez, viens, Marvin, il y a des gâteries pour toi.

Le chien le suivit à la cuisine, oreilles dressées.

— Il ne mange pas notre nourriture, ça pourrait lui détraquer l'estomac.

Et la dernière chose dont Brooklyn avait besoin était un chien malade pendant la tempête.

— Même pas un morceau de fromage ?

— Un petit, alors. J'ai apporté des croquettes pour lui.

— Parfait, je vais lui mettre un bol d'eau.

Ce qu'il fit avant d'ouvrir le réfrigérateur et d'en sortir un plateau de fromages avec une grappe de raisins au centre.

— Tu as faim ? demanda-t-il alors.

— Je veux bien quelques grains de raisin.

— Parfait. Installe-toi.

Il saisit un cube de cheddar sur le plateau avant de se planter devant Marvin.

— Assis.

Le chien posa illico son arrière-train au sol.

Cole se tourna vers elle avec un grand sourire aux lèvres qui le faisait paraître soudain très jeune.

— Je ne pensais pas qu'il allait le faire.

— Tends la main et demande-lui sa patte.

— Marvin, donne la patte.

Le chien obéit.

— Excellent ! Tu as bien mérité un morceau de fromage.

Marvin prit le cheddar délicatement. Brooklyn s'émerveilla à nouveau du sourire de Cole. Il aimait vraiment les chiens. Quel dommage qu'il n'en ait jamais eu. Ils apportaient tant aux vies humaines, à commencer par la sienne.

— J'ai allumé un feu au salon. Nous n'avons qu'à nous

installer devant. Que veux-tu boire ? Un café, un thé ou un verre de vin ?

— Un café sera parfait. Je peux le préparer si tu me dis où tout se trouve.

— Allons, je sais faire fonctionner une machine à café.

Deux minutes plus tard, elle suivit Cole dans le salon. Des lampes d'appoint diffusaient une douce lumière chaleureuse. Marvin se coucha aussitôt devant la cheminée.

Brooklyn rit puis s'assit dans un fauteuil près de lui.

— Il a pris ses aises pour la durée du séjour.

— Parfait. Et toi ?

— Il me faut un peu plus de temps. C'est étrange d'être dans cette maison si luxueuse. J'ai toujours peur de casser quelque chose.

— Ne t'inquiète pas. Si cela arrivait, je remplacerais l'objet.

— Ta réflexion souligne la différence entre nos styles de vie.

— Quelle importance ? Il ne s'agit que d'argent.

— Seuls ceux qui en ont beaucoup disent cela, rétorqua-t-elle. Autrefois ma famille possédait toute l'île. Ils ont dû vendre pour des raisons financières. L'argent est synonyme de liberté. La liberté de choisir sa vie. Moins on a d'argent, plus limité est le choix.

— J'en suis conscient. J'ai dit ça pour te mettre à l'aise et que tu ne te soucies pas du prix des choses.

— Je sais, mais ça m'a quand même hérissée. Question de fierté. Apparemment, il m'en reste un peu.

— C'est évident. Pourquoi ne pas venir t'asseoir ici ? Tu profiteras aussi de la chaleur du feu. Ça me fait bizarre de te parler de si loin.

Effectivement, la pièce était très grande. Brooklyn se leva donc et alla s'asseoir à l'autre extrémité du canapé, les jambes repliées sur le côté.

— C'est mieux ?

— Oui. Je suis très heureux que tu sois là, Brooklyn.

Une rafale fit vibrer les vitres. Tous deux se tournèrent.

— C'est appréciable d'être au chaud et d'avoir du courant quand la tempête fait rage à l'extérieur.

— Ernest a eu une bonne idée d'installer un groupe électrogène puissant. Avec seulement deux maisons, l'île doit être la dernière à avoir le courant rétabli. Ça doit prendre des jours parfois.

— Une fois nous n'en avons pas eu pendant une semaine. J'étais petite, c'était en janvier. On n'avait pas de générateur d'électricité à l'époque. Alors on cuisinait sur le fourneau à bois de ma grand-mère, on s'éclairait avec des lampes à huile, on faisait fondre la neige pour l'eau et on passait le temps à jouer aux cartes ou à faire des puzzles. C'est un souvenir extraordinaire.

— J'imagine, tu as dû vivre de merveilleux moments dans cette maison.

Constatant que le sourire de Cole avait disparu, Brooklyn s'inquiéta.

— Ai-je eu des paroles maladroites ?

— Pas du tout. Je réalise simplement que chaque fois que tu partages un souvenir j'envie un peu plus ton enfance.

— La tienne a été solitaire. Par chance, tu as rencontré Branson et Jeremy.

— Oui, ils m'ont sauvé, en fait. J'ai appris d'eux tout ce que je sais sur l'affection, la loyauté et l'amitié.

C'était mieux que rien, mais triste quand même.

— Ma famille m'a donné beaucoup d'amour, mais c'est le monde extérieur qui m'a laissé tomber.

— Que veux-tu dire ?

Brooklyn hésita. Cole dut sentir son soudain malaise car il reprit :

— Peu importe. Oublie ma question, tu n'as pas à m'en parler si cela te dérange.

Que faire ? Elle se sentait proche de lui, ils s'étaient embrassés, mais depuis il était revenu à une attitude distante.

En fait, il avait respecté son interdit, ce qu'elle appréciait même si elle aurait rêvé d'autres baisers passionnés.

Marvin quitta sa place devant la cheminée pour venir poser sa tête sur son genou ; cela fit fondre le cœur de Brooklyn.

— Marvin aurait pu être un chien de thérapie, il se comporte comme tel sans avoir été dressé pour. Il est mon meilleur ami au monde.

— As-tu besoin d'un chien de thérapie ? Je reconnais que cette question est très personnelle et comprendrais que tu ne veuilles pas y répondre.

Brooklyn baissa les yeux vers Marvin tout en ravalant la boule qui venait de lui obstruer la gorge. Son agression datait d'un peu plus de deux ans. Elle avait fait la une des journaux à l'époque. Les communautés de cette région étant petites, la nouvelle avait circulé. Choisir d'en parler était cependant différent.

Cole se rapprocha et lui prit la main.

— Je ne veux en aucun cas te troubler, Brooklyn. Mais parfois, se confier à un ami fait du bien.

Elle releva la tête.

— C'est incroyable. Riche et séduisant comme tu l'es, tu pourrais être odieux, or tu es si bon. Je passe mon temps à me demander quels sont tes défauts.

— N'aie crainte, j'en ai.

Il entrelaça alors ses doigts aux siens. À ce contact, Brooklyn se sentit soudain réconfortée et protégée. Un sentiment bien rare depuis des années…

— C'est arrivé il y a quelques années, en pleine ville, en milieu d'après-midi.

Cole attendit que Brooklyn poursuive. Son histoire était importante, il le sentait. Et elle lui faisait suffisamment confiance pour la partager avec lui. C'était inhabituel et flatteur. Seuls Branson et Jeremy se confiaient à lui. Avec eux mis à part, il n'avait d'étroite relation avec personne. Désormais, tous deux étaient heureux en ménage. Malgré cela, il n'était pas sûr de croire en l'amour.

Pourtant, Brooklyn lui plaisait plus qu'aucune autre femme. Elle était franche, sans fard ni intentions cachées.

Et en cet instant elle serrait sa main comme si sa vie en dépendait. D'ordinaire, Cole fuyait les confidences, évitait de s'impliquer dans la vie personnelle des gens, mais avec elle il n'y voyait aucun danger.

Du pouce, il lui caressa le dessus de la main pour l'inciter à continuer.

— J'étais rentrée pour le week-end et m'étais rendue à l'épicerie acheter une bouteille de vin. Je faisais la queue pour la payer lorsqu'un homme est entré, a dépassé tout le monde et a pointé un revolver sur le caissier.

— Ciel ! s'exclama Cole. J'imaginais le taux de criminalité proche de zéro dans une ville si petite.

— Il suffit d'une personne malintentionnée pour qu'un malheur arrive n'importe où.

— Excuse-moi de t'avoir interrompue. Continue.

— Il nous a ordonné de ne pas bouger. Le caissier lui a donné le contenu de la caisse, mais a pressé le bouton d'alarme. Aussi, une fois en possession de l'argent, l'homme a paniqué, m'a attrapée par le bras et entraînée dehors.

Cole laissa échapper un juron. Pas étonnant que Brooklyn soit nerveuse après avoir été prise en otage au cours d'un vol à main armée !

— Dans ma panique, j'ai lâché ma bouteille, qui a explosé au sol, me blessant au pied. L'homme m'a poussée dans sa voiture, fait passer sur le siège passager et s'est engouffré à ma suite. Pendant qu'il démarrait, j'ai ouvert la portière et sauté dehors. J'ai eu peur qu'il tire, mais il est parti sur les chapeaux de roues.

Brooklyn tremblant de tous ses membres à présent, Cole la serra dans ses bras.

— Tu es en sécurité maintenant, murmura-t-il en lui embrassant les cheveux. Tu as très bien réagi.

— C'est ce que m'ont dit les policiers. J'ai pu donner une description précise de l'agresseur et une partie de sa plaque d'immatriculation. Il a été arrêté peu après.

— Et tu as pris Marvin.

— Pas immédiatement. J'ai consulté un psychologue quelque temps. Cela m'a aidée à passer le cap difficile. Je ne me suis pas cependant senti le courage de retourner à l'université et ai abandonné mes cours – ce que je regrette parfois – puis je suis venue sur l'île. C'est à ce moment que j'ai adopté Marvin. Deux ans plus tard, je suis encore là. Cet amour de chien m'a aidée tout du long.

— Il est en effet adorable. Et toi, tu es une femme extraordinaire.

— J'ai pris la fuite. Je ne vois rien là de remarquable. Je lutte encore contre la panique lorsque je fais la queue dans un magasin. Je limite mes déplacements à des endroits connus tant je suis souvent en proie à la peur.

— Certes, pourtant tu vis seule sur une île isolée, tu diriges ta propre affaire et tu es compétente dans un tas de domaines. Je n'ai jamais connu une femme comme toi. Même si ta peur est légitime, elle ne te définit pas. D'ailleurs, tu n'avais pas l'air effrayée quand tu m'as tenu tête lors de ma première visite.

Brooklyn rit de bon cœur.

— Crois-moi, je l'étais. Mais cette île est trop importante pour moi pour que j'abandonne sans combattre.

Cole recula et prit Brooklyn par les épaules.

— Tu t'es battue malgré ta peur. C'est ça, le courage. Et je ne respecte rien autant. Je suis très honoré que tu aies partagé ton histoire avec moi.

Honoré et un peu effrayé, mais il y réfléchirait plus tard. Quel dommage qu'elle ne soit pas consciente de sa valeur.

— Qu'étudiais-tu à l'université ?

— J'étais en troisième année de licence ès sciences. Ma matière principale était la chimie. Je voulais suivre le programme pharmaceutique.

Cole grimaça.

— Et brillante en plus.

Brooklyn sourit enfin.

— Je suis heureux que tu sois venue et que tu te sentes en sécurité chez moi.

— Tu aimes mon chien. C'est mon premier critère décisif.

Aimait-il Marvin ? Cole abaissa le regard vers la tête mordorée posée sur les genoux de Brooklyn, vit ses bons yeux et réalisa que, oui, il aimait ce chien. Il n'était qu'amour, fidélité et loyauté. L'ami qu'il avait désiré toute sa vie. Il fut heureux qu'il soit là pour Brooklyn, l'empêche de se sentir seule. Déménager sur l'île avait été une réaction extrême, mais elle avait vécu une situation extrême.

Cole remarqua alors qu'il faisait nuit noire dehors.

— Dan et Raelynn ne vont pas tarder à arriver pour dîner. Ça ne te dérange pas ?

Le visage de Brooklyn s'éclaira.

— Pas du tout ! Je les aime beaucoup, tous les deux. C'est un peu pour cela que je suis venue aujourd'hui. J'aimais l'idée qu'on soit tous ensemble.

— Cette idée me plaît aussi.

Et tandis que ces mots franchissaient ses lèvres, Cole réalisa à quel point ils étaient justes. Raelynn et Dan étaient plus que des employés pour lui.

Il croisa alors le regard de Brooklyn dont le bleu perçant l'avait envoûté dès le premier jour.

— Merci de m'avoir écoutée, Cole, et d'avoir abandonné l'idée de racheter ma propriété. C'est phénoménal pour moi.

— Je t'en prie.

Une réponse courtoise. En fait, il n'avait pas accepté

d'abandonner cette idée mais, après avoir entendu son récit, il sut qu'il ne pourrait plus la pousser à vendre, à quitter son endroit sécurisant.

Tout le monde avait droit à un refuge. Lui compris.

9.

Malgré les vitres qui vibraient sous les assauts du vent et de la pluie, la cuisine de Cole était un havre au milieu de la tempête pour les quatre habitants de l'île. Brooklyn se sentait entourée d'une chaleur humaine qui lui avait manqué pendant longtemps. On aurait dit une véritable soirée entre amis de longue date tant tous étaient décontractés.

Après un simple dîner de spaghettis carbonara et de salade, Cole avait ouvert une nouvelle bouteille de vin et proposé de jouer aux cartes. Brooklyn s'était demandé s'il avait vu là un moyen de l'aider à se sentir à l'aise après avoir entendu son histoire d'enfance. Quoi qu'il en soit, tous s'étaient mis d'accord sur le jeu de la Dame de pique et étaient installés autour de l'îlot central.

Cole, en train de gagner, adressa à Brooklyn un sourire malicieux. Envoûtée par l'éclat de ses yeux, elle se surprit à laisser glisser les siens sur sa bouche, se remémorant aussitôt leurs baisers sur la plage. La voix de Raelynn la rappela à l'ordre.

— C'est votre tour, Brooklyn.

Encore sous le charme de cette tendre réminiscence, elle fixait son jeu, indécise, lorsqu'une solution se dessina. Après quelques tours où elle dut affronter les plaisanteries des autres sur son manque de tactique, elle abattit une combinaison gagnante.

La stupéfaction de tous lui fit chaud au cœur.

— Oh ! ça, c'était sournois, Brookie ! s'exclama Cole en pointant son doigt sur elle.

Brooklyn éclata de rire.

— Personne ne m'a appelée ainsi depuis mon enfance.

— Vraiment, *Brookie* ? la taquina-t-il.

Elle lui adressa un regard faussement grondeur.

— Ne t'avise pas de recommencer.

— D'accord, je vais devoir me faire pardonner.

Ils jouèrent ensuite au rami puis, minuit approchant, Raelynn et Dan prirent congé.

— Vous êtes certains de ne pas vouloir passer la nuit ici ? demanda Cole. Votre appartement n'est pas alimenté par le groupe électrogène.

Raelynn lui lança un clin d'œil.

— On a des lampes-torches et des couvertures. Ne vous inquiétez pas, nous serons bien au chaud.

Le couple parti, Brooklyn rangea les verres dans le lave-vaisselle.

— J'ai passé une excellente soirée, Cole.

— Moi aussi, bien plus amusante qu'un vernissage ou un gala de charité.

— C'est ce que tu fais d'habitude à New York ?

— La plupart du temps, oui. Que font les gens dans la région un samedi soir ?

— Ils se relaxent devant un film ou un match de hockey à la télévision.

— Ça a l'air merveilleux.

— Sois sérieux !

Cole s'approcha d'elle et lui posa une main sur le poignet.

— Je le suis, Brooklyn. Je suis si heureux que tu sois venue ce soir. Tu as le don de mettre tout le monde à l'aise où que tu sois.

Brooklyn sentit ses joues s'enflammer à ce compliment. Et sous l'effet de leur léger contact.

— Merci.

Elle vit alors le regard de Cole se poser sur sa bouche. Son pouls s'emballa. Un nouveau baiser ne ferait que compliquer leur situation, mais elle en avait tant envie. Leur relation avait changé au cours de la soirée. Ses confidences et le partage d'un repas décontracté dans la cuisine puis de jeux et de paroles aussi spontanées que légères avaient fait d'eux des amis.

Des amis très sensibles à leur attirance mutuelle, toutefois...

L'atmosphère et le vin ayant eu raison de sa prudence habituelle, elle releva le menton en une invitation silencieuse.

— Es-tu certaine de le vouloir, Brooklyn ?

Elle soutint son regard. Dans les secondes suivantes, Cole inclina lentement la tête. Leurs lèvres se joignirent en un baiser d'une douceur extraordinaire. Il lui passa une main dans le cou, la faisant frissonner de plaisir.

Ils s'embrassèrent jusqu'à ce que Marvin vienne se planter devant eux, tête levée, ses grands yeux bruns tout tristes.

Cela ramena Brooklyn dans le présent.

— Alors, monsieur le paresseux qui a passé la soirée devant le feu, on se réveille enfin ?

— Je vais finir de ranger la cuisine, dit Cole. Va lui faire faire sa promenade nocturne. Ou je peux venir avec toi si tu préfères.

— Volontiers, j'apprécierais la compagnie.

Elle s'éloigna dans le couloir, Marvin quelques pas derrière.

— Tu es bien lent ce soir, mon chien. Qu'est-ce qui t'arrive ?

Il la regarda en gémissant.

Bizarre, Marvin n'avait pas peur des tempêtes, être ailleurs que chez lui le dérangeait peut-être.

— Que se passe-t-il ? demanda Cole en les rejoignant.

— Je ne sais pas. Il a perdu son entrain habituel.

Ils enfilèrent leurs cirés, puis sortirent, lampes-torches en main. La pluie tombait toujours, leur cinglant le visage. La tempête toutefois semblait perdre de sa force.

Marvin descendit lentement les marches, leva la patte contre un buisson puis marcha le long des massifs. Le voyant s'accroupir, Brooklyn sortit de sa poche un sac pour ramasser ses crottes. Il n'était pas question de les laisser sur la pelouse de Cole. En s'approchant de lui, elle remarqua qu'il forçait. Tout son corps frémissait, puis un filet de sang s'écoula tandis qu'il se mettait à gémir. Ce n'était pas normal. La panique la gagna.

— Cole ! cria-t-elle. Marvin est malade. Il saigne.

Cole se précipita à ses côtés et braqua sa lampe sur le chien.

— Ça n'a pas l'air d'aller, mon pauvre Marvin. Ramenons-le à l'intérieur.

Tous deux encadrèrent le chien jusqu'à la porte. Brooklyn le sécha tout en lui murmurant des mots doux. Pour toute réponse, il battit faiblement de la queue.

— Venez dans la cuisine. Boire lui fera peut-être du bien.

Elle suivit Cole, et s'aperçut alors que Marvin n'avait pas touché à sa gamelle. La honte lui fondit dessus. Pendant des heures, elle avait discuté, mangé, joué aux cartes – et embrassé Cole – sans se soucier de son meilleur ami, resté dans le salon alors que s'isoler de la sorte était anormal chez un animal aussi sociable.

Marvin bouda l'eau, vomit un filet de bile puis s'allongea.

— Son état empire, Cole.

— Qui est ton vétérinaire ? demanda-t-il, visiblement soucieux.

— Le docteur Thorpe à Liverpool. Mais il y a peu de chance qu'il ait du courant, et il est plus de minuit.

— Peu importe, ces gens sont habitués aux urgences. Appelle-le sur son mobile. Sa clinique a sûrement un groupe électrogène.

Brooklyn sentit des larmes rouler sur ses joues.

— Même si c'est le cas, on ne peut pas quitter l'île avec cette mer démontée.

— Ne te préoccupe pas de ça pour l'instant. Téléphone. Le vétérinaire aura certainement des conseils à te donner.

Pendant ce temps, je vais vérifier quelque chose. Tu verras, Marvin va s'en sortir.

Sur ces paroles, il quitta la cuisine.

Le docteur Thorpe décrocha à la cinquième sonnerie. S'efforçant de dissimuler sa panique grandissante, Brooklyn lui expliqua la situation.

Au moment où elle raccrochait, Cole revint.

— Alors, qu'a-t-il dit ?

— Je dois surveiller Marvin de près. Il m'a demandé de le rappeler immédiatement si les symptômes s'aggravent, ou si je peux rejoindre le continent. Ce qui est impossible, les vagues sont trop hautes, et sortir le bateau du hangar est trop risqué par ce temps.

Brooklyn alla chercher des serviettes en papier pour nettoyer le sol.

— Je suis désolée que cela soit arrivé chez toi après que tu nous as si gentiment accueillis.

— Ne dis pas de bêtises. Au moins nous sommes deux pour nous occuper de Marvin. De plus, je viens de passer quelques coups de fil, j'ai peut-être un moyen de l'emmener chez le vétérinaire.

— Comment ?

— En hélicoptère. Mon pilote surveille la météo. Il se tient prêt à décoller dès que les conditions le permettront. Selon lui, c'est l'affaire de quelques heures. Ce ne sera pas un vol de tout repos, mais ce sera rapide. Alors, garde le moral et croisons les doigts.

Brooklyn hocha la tête, la gorge serrée, mais touchée à l'extrême.

Puis elle regarda Cole, dans son pull-over en cachemire de grande marque, soulever avec précaution Marvin. Ravalant ses larmes, elle le suivit jusqu'au salon où, au lieu de le déposer sur un tapis devant la cheminée, il l'installa sur le canapé et s'assit à côté de lui.

— Tu es en sécurité ici, mon vieux.

Brooklyn prit place de l'autre côté.

— Il risque d'être encore malade, ou pire.

Cole leva les yeux.

— Et alors ? Ce n'est qu'un canapé. Marvin a besoin de confort, d'amour et de nous près de lui.

Trop émue pour répondre, Brooklyn se contenta de caresser la tête de son chien adoré en priant pour qu'il se rétablisse au plus tôt.

Lorsque le corps de Marvin se mit à être agité de faibles soubresauts, Cole alla chercher une pile de serviettes, qu'il disposa sous lui et autour juste avant qu'il vomisse à nouveau. Elles protégeaient le canapé et étaient remplaçables. Les chiens ne l'étaient pas. Et celui-là en particulier.

Même s'il n'avait jamais eu un tel compagnon, Cole savait reconnaître l'amour indéfectible qui liait un chien et son maître. Au vu de l'angoisse évidente de Brooklyn, il avait décidé de tout mettre en œuvre pour s'assurer que Marvin s'en sorte indemne. Louer un hélicoptère et réveiller son pilote en pleine nuit étaient les premières mesures.

De plus, ce chien avait gagné son affection dès le premier jour, lorsqu'il avait bondi vers lui dans l'allée menant chez Brooklyn. Jamais un animal ne l'avait accueilli avec un tel enthousiasme. Au fil des jours, son affection s'était transformée en attachement.

Les heures s'écoulèrent avec une lenteur désespérante. Cole ne ferma pas l'œil – ni Brooklyn.

Peu avant l'aube, le téléphone de Cole sonna. L'appel fut bref. Une minute plus tard, il rassura Brooklyn.

— Mon pilote sera là dans une demi-heure. Avertis la clinique de notre arrivée. Tu sais s'ils ont du courant ?

— Oui, il y a un groupe électrogène. J'appelle le docteur Thorpe.

— Je vais réserver une voiture pour venir nous chercher à l'héliport.

Des larmes de gratitude se mirent à briller dans les yeux de Brooklyn.

— C'est si…

— Chut. Appelle le vétérinaire pendant que je prépare notre départ.

L'assurance d'une importante compensation financière convainquit l'agence de location de voiture d'envoyer un chauffeur sur la route par si mauvais temps. Cole mit ensuite Dan au courant des événements des heures précédentes et de l'arrivée imminente de l'hélicoptère. Il ne fut pas surpris de le voir arriver dans les minutes suivantes avec sa femme, tous deux visiblement inquiets. Brooklyn les avait conquis.

Eux aussi.

Cole ne pouvait en effet plus nier s'être épris d'elle. Leur dernier baiser dans la cuisine le lui avait prouvé. Après avoir limité ses relations avec les femmes à des échanges superficiels, il venait de prendre goût à la douceur, à la tendresse de l'intimité.

Raelynn prépara du thé à Brooklyn.

— Buvez et mangez un gâteau, ça vous donnera des forces. Vous avez l'air épuisée.

Marvin descendit du canapé et vint les rejoindre dans la cuisine, où il s'allongea sur le flanc en gémissant.

Voyant le visage de Brooklyn se décomposer à nouveau, Cole lui serra les épaules.

Par chance le ronronnement de l'hélicoptère se fit entendre.

Tous enfilèrent leurs vestes. Dan partit en courant vers l'héliport. Cole souleva Marvin, titubant sous son poids inerte puis s'élança à son tour à l'extérieur, suivi de Brooklyn à qui Raelynn tendit une couverture avant qu'elle monte dans l'appareil.

— Pourriez-vous attacher vos ceintures, s'il vous plaît ?

demanda le pilote. Vous allez être secoués. Le bon côté est que ce sera rapide.

Peu après le décollage, la pâleur subite de Brooklyn inquiéta Cole. Son baptême de l'air avec Ernest s'était sûrement passé dans de meilleures conditions.

— N'aie aucune inquiétude, dit-il dans le micro. Dave est un ex-pilote de la marine. Il est habitué à se poser sur des ponts de bateau. Un atterrissage sur terre est du gâteau pour lui. N'est-ce pas, Dave ?

— Absolument, monsieur.

Dave n'avait pas menti. Le vent secouait l'appareil avec tant de force que même Cole sentit son estomac se soulever. Il vit le corps de Marvin s'agiter de soubresauts sans savoir si c'était dû aux perturbations atmosphériques ou à une aggravation de son état.

Par chance, le petit aéroport de Liverpool fut bientôt en vue. Dave fit atterrir l'appareil avec expertise et promit à Cole d'être prêt à repartir dès qu'il en aurait besoin.

Une voiture les attendait.

— Je suis obligé de prendre un chemin un peu plus long, dit le chauffeur, déjà averti de leur destination. La route directe est inondée.

Cole hocha la tête.

— Pas de problème, le tout est d'arriver sains et saufs.

Le soleil n'était pas encore levé. Tous les réverbères étaient éteints. Dans la lumière des phares, les dégâts étaient importants. Le chauffeur s'arrêta bientôt devant le seul bâtiment éclairé du quartier.

— Vous avez de la chance que votre vétérinaire ait un groupe électrogène.

— Oui, répondit Brooklyn. Merci d'avoir accepté de venir nous chercher.

— Pas de problème.

Bien sûr, le montant payé était une incitation suffisante pour ce service inhabituel. Cole admira toutefois la courtoisie de Brooklyn. Même dans la peine elle se souciait des gens. Et, pour cela, elle lui plaisait davantage encore.

Le docteur Thorpe les attendait à la porte. Il se précipita vers la voiture et souleva Marvin. Cole apprécia. Il avait beau être en bonne forme physique, un poids mort de quarante kilos était lourd.

Une fois dans le cabinet, pendant que le vétérinaire examinait Marvin avec son assistante, il s'assit dans la salle d'attente avec Brooklyn. Elle était livide, et avait les yeux cernés.

— Tout va bien se passer, la rassura-t-il. Il est en de bonnes mains.

— Je sais, mais je ne peux m'empêcher d'être inquiète. Merci, Cole, d'avoir remué ciel et terre pour nous amener ici. Je ne pourrai jamais te remercier assez. Tu es un homme très bon.

Pour la première fois de sa vie, Cole se sentit rougir. Il était couronné de succès en affaires, plutôt intelligent, très riche, mais n'avait jamais été qualifié de « bon » ; aussi le compliment lui alla-t-il droit au cœur.

En fait, il voulait être bon. Et plus précisément, il voulait être bon pour Brooklyn.

Décidément, la vie était pleine de surprises.

10.

Brooklyn imaginait le pire en attendant le diagnostic du docteur Thorpe. Il s'avéra que Marvin avait avalé un corps étranger – encore non identifié. Une opération était donc nécessaire afin de le retirer le plus rapidement possible. Son accord donné, le vétérinaire repartit s'occuper de son patient.

Cole prépara à la jeune femme un café dans la machine mise à la disposition des visiteurs. Il se rassit ensuite à côté d'elle, lui prit la main et entrelaça ses doigts aux siens. Bien qu'épuisée après une nuit sans sommeil, elle n'osait fermer les yeux de peur de s'endormir. Les minutes s'écoulèrent avec une lenteur désespérante. Le jour se leva. À 7 h 30, la réceptionniste arriva.

— Oh ! j'ignorais qu'il y avait eu une urgence, dit-elle en les voyant. Je suis venue décommander les rendez-vous et nourrir les animaux que nous avons en garde. Puis-je vous offrir quelque chose à boire ?

— Non, merci, répondit Cole, nous nous sommes servis.

Finalement, après ce qui leur sembla être une éternité, le docteur Thorpe revint.

— L'opération s'est bien passée. J'ai pu enlever le corps étranger. Il s'agissait d'un morceau de filet de pêche. Il a eu de la chance que vous ayez pu venir si vite. Par ailleurs, Marvin est en excellente santé.

— Comment diable a-t-il pu avaler ça ? demanda Brooklyn. Je le promène tous les jours sur la plage, mais je ne l'ai jamais vu manger quoi que ce soit.

— Mademoiselle Graves, les chiens sont comme les enfants. Dès que vous avez le dos tourné, ils font des bêtises.

— Je vous remercie infiniment, vous et votre assistante, docteur Thorpe d'avoir ouvert la clinique pour nous.

— Je vous en prie. J'aimerais cependant garder Marvin au moins jusqu'à demain car, comme vous vivez sur une île, vous ne pourriez arriver à temps en cas de complication.

— Bien sûr. Puis-je le voir ?

Marvin était encore sous anesthésie, mais le caresser rassura Brooklyn.

Lorsqu'elle revint dans la salle d'attente, Cole discutait avec la réceptionniste.

— Jen vient de me dire que le seul hôtel ayant du courant dans la région est le Sandpiper. S'ils ont une chambre libre, nous pourrions aller nous y reposer. Dave nous ramènera sur l'île demain si Marvin peut sortir.

— C'est une bonne idée, je tombe de sommeil.

— Moi de même. J'appelle tout de suite.

Brooklyn lui fut reconnaissante. Elle n'était cependant pas habituée à ce que quelqu'un la prenne en charge, ce qui la gênait.

Après un second voyage en taxi, ils arrivèrent au Sandpiper où la réceptionniste leur expliqua que, leur hôtel ayant été le seul épargné par la tempête, il ne leur restait qu'une chambre. La suite du dernier étage.

— C'est parfait, répondit Cole avec un sourire avant de prendre la main de Brooklyn.

À peine entrée dans la chambre, elle s'exclama :

— C'est immense !

— Largement assez grand pour deux. Préfères-tu manger ou dormir d'abord ?

— Dormir.

— Dans ce cas, vas-y.

Et il souleva un angle de la couette.

Brooklyn se glissa dessous tout habillée.

— Tu vas dormir aussi, n'est-ce pas ?

— Bien sûr.

Tout en fermant les yeux, elle murmura :

— Merci pour tout, Cole. Je n'aurais pas supporté de perdre Marvin.

— Je le sais. Dors, maintenant.

Elle sentit la main de Cole repousser ses cheveux sur son visage, puis sombra dans le sommeil.

En se réveillant, Brooklyn sentit le corps de Cole dans son dos et son souffle régulier contre ses cheveux. Quelle manière agréable de commencer la journée. À vrai dire, elle était déjà bien entamée à en juger par la lumière qui baignait la pièce. Dire qu'il était arrivé sur l'île quelques semaines auparavant, décidé à lui racheter sa maison et se trouvait à présent blotti contre elle après qu'ils eurent affronté ensemble un ouragan, puis qu'il eut, grâce à son intervention rapide, sauvé son meilleur ami…

Sans lui, Marvin ne serait peut-être plus là.

Cole n'était pas le gosse riche et gâté qu'elle avait imaginé, mais un homme attentif, bienveillant, généreux et, en plus, doté d'humour.

Sans oublier qu'il embrassait comme un dieu.

Le sentant bouger légèrement, elle retint son souffle. Dans la seconde suivante, il lui passa un bras sur la taille. À quand remontait la dernière fois où un homme l'avait tenue ainsi ? Brooklyn n'aurait su dire. Elle n'avait laissé personne l'approcher depuis l'agression. Quelques secondes un après-midi de printemps avaient suffi à lui faire profondément détester de voir son espace personnel envahi. Toute intimité lui avait été impossible après.

Sauf avec Cole.

Elle n'avait ressenti aucune panique lorsqu'il l'avait embrassée chez elle, ni lorsqu'il s'était lové contre elle sur la plage.

Avec lui, elle se sentait en sécurité et protégée.

Peut-être même plus que cela.

Brooklyn laissa échapper un soupir.

— Tu as bien dormi ?

La voix chaude et grave de Cole la fit frissonner.

— Oui, comme un loir. Et toi ?

— Très bien aussi.

Elle roula sur le côté pour lui faire face, se rendant soudain compte de la beauté de la pièce. Ce vaste espace aux meubles élégants et à la literie luxueuse était probablement inférieur aux standards habituels de Cole Abbott, mais était époustouflant pour elle. Jamais elle n'aurait rêvé de s'offrir une nuit dans une telle chambre. Et elle n'aurait certainement pas eu les moyens de louer un hélicoptère pour sauver Marvin.

Proposer de partager l'intégralité des frais lui était hélas financièrement impossible. Cependant, même si Cole était conscient de leur différence de train de vie, elle ne voulut pas avoir l'air de profiter de sa générosité.

— Je tiens à payer la chambre.

C'était le minimum. Malgré cela, elle resterait sa débitrice à jamais. Or elle détestait l'idée d'être redevable à quiconque.

Il la regarda longuement avant de répondre :

— Tu peux, mais ce n'est pas nécessaire. J'aurais fait la même chose pour n'importe lequel de mes amis.

— Je n'en doute pas. Tes amis n'ont toutefois probablement pas besoin de ce genre d'aide.

— Tu crois cela ? Je vais partager avec toi une petite histoire pour te prouver le contraire. L'hiver dernier, alors que j'étais en voyage d'affaires à l'autre bout du continent, Jeremy m'a appelé pour me proposer de prendre un verre avec lui et Branson le soir même. Sachant qu'il broyait du noir parce que Tori l'avait quitté, j'ai abandonné ma réunion, et sauté dans le premier avion. Sur place, Branson et moi avons organisé une séance de thérapie romantique.

Brooklyn sourit.

— J'ai du mal à vous imaginer tous les deux donnant des conseils relationnels, mais Tori et Jeremy semblent nager dans le bonheur.

— Comme quoi nos conseils ont porté leurs fruits. Mais je t'ai raconté cette histoire pour te prouver que j'étais toujours là pour mes amis. Je suis à la tête d'une fortune que je ne pourrai jamais dépenser, alors aider une amie est un bon moyen de l'utiliser.

— Donc nous sommes vraiment amis ?

— Je le pense. C'est très inattendu pour moi, mais ça me plaît.

— Décidément, tu es encore plus gentil que je ne l'imaginais.

— Heureux de te l'entendre dire. Pourtant, tu n'étais pas de cet avis au début.

— Je ne te connaissais pas. Tu as débarqué chez moi, prêt à payer une somme exorbitante pour racheter ma propriété, puis tu t'es décrit comme un bourreau de travail à la vie sociale intense, mais toujours célibataire. Bref, j'ai vu en toi un play-boy nanti. Ton comportement a cependant modifié mon jugement.

Pendant qu'elle parlait, Cole avait posé une main sur son bras et le caressait du pouce. Brooklyn n'était pas certaine qu'il soit conscient de son geste. Quand elle eut fini, il lui souriait.

— Tu m'en vois ravi. J'ai effectivement beaucoup travaillé et me suis amusé avec autant d'ardeur pendant des années. Ainsi que je te l'ai dit, cela a changé après mon alerte de santé. En fait, je m'étais efforcé de ressembler à mon père en tout point sauf un. J'étais déterminé à ne pas me marier. Mes parents avaient une relation très distante à cause de l'immersion de mon père dans ses affaires. Je ne voulais pas reproduire ce schéma.

— Penses-tu avoir trahi sa mémoire en ralentissant ton rythme et en ajustant tes priorités ?

Cole la regarda, visiblement stupéfait.

— Bon sang, Brooklyn, tu as le chic pour taper dans le

mille ! Oui, je le pense. Abbott Industries était sa vie, et il était un homme d'affaires exceptionnel. Même si j'ai fait du bon travail, prendre du recul par rapport à la société me donne l'impression de l'avoir trahi.

— Il n'y a rien de mal à chercher à équilibrer sa vie.

— Oui, en théorie. En fait, je me suis toujours efforcé de gagner son approbation. Comme je suis un enfant unique, tous les espoirs de papa étaient placés en moi. La question n'était pas de savoir *si* je reprendrais sa société, mais *quand*.

— Ça te convenait ou tu avais envie d'une autre carrière ?

Cole sourit.

— J'ai eu des velléités de devenir footballeur professionnel, puis une star du rock. Mais sérieusement, non. J'aime cette société, je veux la voir florissante, et pourtant je ne veux pas marcher sur les traces de mon père. D'où mon refus d'engagement au profit de ma carrière. Toute relation est vouée à l'échec quand on est un bourreau de travail. Depuis mon burn-out, je m'efforce de maintenir Abbott Industries dans cette période peu propice sur le plan économique, sans nuire à ma santé.

— Tu te mets beaucoup de pression.

— J'ai beaucoup de responsabilités.

Brooklyn avait choisi un mode de vie simple. Il lui convenait, mais lui suffirait-il toujours ? Refuser d'en changer signifiait ne pas se marier, ne pas avoir d'enfant, vivre seule sur son île et tricoter le restant de ses jours…

— Qu'y a-t-il ? demanda Cole. Tu as l'air triste, soudain.

— Non. Je me disais simplement que les aléas de la vie nous entraîneraient dans des directions pas toujours choisies.

Avant que Cole puisse lui demander de préciser sa pensée, son téléphone vibra. Reconnaissante de cette interruption, elle le prit sur la table de nuit. Un message s'afficha, accompagné d'un smiley et d'une photo.

Le courant est revenu et Marvin s'est réveillé.

— Regarde ! s'exclama-t-elle. Marvin a l'air un peu sonné, mais il est vivant. Encore merci pour tout ce que tu as fait, Cole.

— Ça a bien tourné pour moi aussi puisque je suis ici avec toi, déclara-t-il avant de lui passer une mèche de cheveux derrière l'oreille et d'ajouter : N'est-ce pas ?

Oui, elle était dans une chambre d'hôtel avec un homme qui refusait tout engagement. Un voisin. Un ami. Qui embrassait à la perfection et la désirait, mais qui ne ferait jamais que traverser sa vie lors de ses passages sur l'île. Le reste du temps, il se consacrerait à sa brillante carrière tandis qu'elle poursuivrait son existence tranquille. Faire l'amour avec lui serait sûrement une expérience exceptionnelle au vu de la perfection de leur début d'intimité sur la plage, mais la rendrait encore plus vulnérable, or elle n'était pas prête pour cela. Pas sans espoir d'avenir.

— Écoute, Cole…

— Ne dis rien. La réponse est inscrite sur ton visage. Levons-nous, commandons un brunch et décidons de la suite de la journée.

Brooklyn apprécia qu'il n'insiste pas. Pourtant, elle était déçue d'être incapable de saisir une telle occasion. Mais l'après-midi qui avait changé le cours de sa vie lui avait donné un besoin de garanties. En leur absence, elle ne pouvait prendre de risques. Fonder ses choix sur ses expériences était normal. Tout le monde agissait ainsi. Même Cole. Les siens reposaient sur son éducation.

En fait, la seule garantie qu'elle voulait de lui était qu'il lui laisse sa propriété, et il la lui avait déjà donnée.

Cette pensée ramena un sourire sur ses lèvres, et Cole se leva pour consulter le menu de service en chambre. Dans quelques heures, elle ramènerait Marvin sur l'île et sa vie reprendrait son cours habituel. Malgré ses questionnements intérieurs, Brooklyn fut heureuse d'être maîtresse de ses choix.

Cole avait commandé un véritable festin. Une fois rassasiés, ils allèrent marcher sur la longue plage de l'hôtel. Le soleil était revenu, l'air frais était revigorant. La tempête avait cependant laissé une quantité de bois, d'algues et d'objets divers sur le sable d'ordinaire immaculé. À leur retour, ils apprirent de la réceptionniste que le courant était lentement rétabli à travers la province.

Bellwether n'en aurait probablement toujours pas. Une chance d'avoir un groupe électrogène...

Le groupe électrogène ! Dans sa hâte de partir, elle avait omis de le brancher la veille. Au bout de vingt-quatre heures, le contenu de son congélateur devait être perdu.

Une fois dans la suite, elle partagea son angoisse avec Cole, qui aussitôt envoya un message à Dan.

— C'est inutile, il aurait fallu le faire au plus tard ce matin. Je pensais rentrer chez moi ce matin le brancher si le courant n'était pas revenu.

Cole se contenta de sourire et lui montra l'écran de son téléphone.

J'y ai pensé et suis allé chez Brooklyn à l'aurore. Les dégâts sont minimes. Le groupe est branché. Je retournerai ce soir lui refaire le plein de carburant.

— Dan a fait ça ?

— Oui. Tu n'as pas d'inquiétude à avoir. En revanche, nous devons nous préoccuper de trouver des chargeurs pour nos téléphones à moins que tu ne veuilles rentrer ce soir. Dave est en stand-by.

Brooklyn, qui n'avait pas pensé au pilote, s'inquiéta de son sort.

— Il est encore à l'aéroport ?

— Non. Je lui ai dit de rentrer à Halifax quand tu t'es endormie. Il peut être là en deux heures quand nous aurons besoin de lui. La chambre est réservée pour la nuit, donc la décision te revient.

Elle réfléchit très vite. Ils pouvaient rentrer immédiatement, et elle reviendrait le lendemain en bateau chercher Marvin si le vétérinaire lui donnait le feu vert. Rester signifiait passer la nuit avec Cole, or il n'y avait qu'un lit. Il était certes gigantesque, mais…

Cole alla se planter devant la fenêtre et soupira. Était-il las de cette situation ou frustré ?

— C'est à toi de décider. Tu en as déjà fait beaucoup pour moi. Ce que tu voudras me conviendra.

— C'est toi que je veux, rétorqua-t-il sans se retourner. Je te l'ai déjà dit. Aussi, garde-le à l'esprit si tu choisis de rester.

Il tourna alors la tête pour la regarder.

— Je te veux, Brooklyn. Même pour une seule nuit.

C'était donc tout. Il cherchait seulement une aventure passagère. La question était de savoir si elle était prête à passer une nuit entre ses bras, ou si elle préférait rester raisonnable et surtout protéger son cœur.

11.

Voyant sur le visage de Brooklyn des signes de conflit intérieur, Cole se prépara à demander à Dave de les ramener sur l'île.

Bien que conscient de lui plaire, il la savait prudente. Leur intimité au clair de lune sur la plage avait été une exception à sa règle, mais lui avait montré qui elle pouvait être quand elle baissait sa garde et laissait la passion la guider. Ce soir-là, tout de douceur et de confiance, restait gravé dans sa mémoire. Et lui avait donné envie de plus…

Cole rêvait d'entendre Brooklyn murmurer son nom, de sentir sa peau contre la sienne, mais il était résolu à la laisser prendre la décision.

— Je ne sais que dire, Cole. Sans vouloir paraître prude ou vieux jeu, je ne sais pas me comporter avec légèreté. C'est une question de vulnérabilité, d'arriver à séparer le physique des émotions.

— Et nous fuyons tous deux le mot *amour* comme la peste.

Il fut heureux de la voir rire. Aborder les questions délicates de front valait mieux que les ignorer.

— Oui, ça aussi. Un autre point entre en ligne de compte. Nous menons des vies très différentes. Même si elles se croisent sur l'île, le reste du temps nous évoluons dans des sphères géographiques et sociales opposées. Notre attirance mutuelle est peut-être profonde ou simplement due à une accumulation de circonstances, je n'en sais hélas rien. En revanche, je ne suis pas certaine d'être capable de faire l'amour un soir et de reprendre ensuite ma vie comme si rien n'était arrivé.

Cole hocha la tête. Il était déçu, mais s'en remettrait.

— Tu m'attires extrêmement, Brooklyn. Toutefois, sache que je peux refréner mes ardeurs et dormir sur le canapé ou dans une autre chambre si l'une se libère. C'est toi qui as le contrôle de la situation. Je te l'ai déjà dit, rien n'arrivera que tu ne veuilles pas.

— En fait, je suis consciente d'envoyer des signaux contradictoires. Je dis vouloir éviter l'intimité tout en mourant d'envie de t'embrasser. Mais j'aimerais rester ici cette nuit, et ramener Marvin sur l'île demain matin. Si tu es d'accord, évidemment.

Le cœur battant à tout rompre, Cole lui prit le visage entre les mains.

— Bien sûr que je le suis. Et moi aussi, je meurs d'envie de t'embrasser.

Abaissant alors la tête, il prit ses lèvres avec douceur. Elle répondit à son baiser sans retenue. Passer une nuit chaste avec Brooklyn allait mettre sa volonté à rude épreuve, mais il était prêt à accepter cette torture pour le seul plaisir de l'avoir dans ses bras.

Soudain l'évidence le frappa. Il ne voulait pas simplement satisfaire un désir physique. Il voulait une douce intimité, un lien avec elle. Cette révélation l'effraya à tel point qu'il mit fin à leur baiser.

Cole songeait à appeler Dave pour lui demander de le ramener sur l'île sans tarder lorsqu'il croisa le regard brillant de Brooklyn et renonça.

— Puisque nous restons, va prendre une douche, j'irai après toi. Nous sommes partis trop vite pour penser à emporter des vêtements mais, l'hôtel fournissant des peignoirs, nous dînerons dans la chambre.

Une demi-heure plus tard, Cole sortit à son tour de la salle de bains. Conscient que Brooklyn était nue sous l'épais peignoir,

Cole se concentra sur le menu pour éviter de la regarder. D'un commun accord, ils commandèrent du saumon glacé au sirop d'érable accompagné de pommes de terre et de légumes de saison ainsi qu'une bouteille de riesling.

En la voyant écarquiller les yeux à la vue du serveur qui dressa leur table avec de l'argenterie, des verres en cristal et un petit bouquet de fleurs, il se demanda si elle avait déjà dîné en chambre dans un hôtel de luxe ou même était jamais descendue dans un établissement de ce type. Probablement pas, mais elle méritait ce traitement.

Après lui avoir donné un généreux pourboire au serveur, Cole referma la porte derrière lui.

— Ce jeune homme vient de nous trouver en peignoir, c'est gênant ! Ne va-t-il pas imaginer que nous sortons du lit ?

Cole rit.

— Et alors ? Il voit des couples sans arrêt. Viens, mangeons. Ça sent divinement bon. Tori avait raison. Le Sandpiper est un trésor caché.

En homme galant jusque dans l'intimité, il présenta une chaise à Brooklyn, s'assit, puis souleva les cloches en argent des assiettes.

— Tori a travaillé longtemps ici ?

— Oui, depuis la fin de ses études. C'est même ici qu'elle a rencontré Jeremy.

— Cet hôtel est très beau, mais tu es certainement habitué à des établissements plus grandioses comme le Plaza ou le Waldorf Astoria à New York, j'imagine.

Cole trouva sa candeur adorable. Quel dommage de ne pouvoir l'emmener dans ces fleurons de l'hôtellerie de luxe…

Après tout, rien ne l'en empêchait ! Il devait rentrer sous peu à Manhattan reprendre les rênes d'Abbott Industries. Pourquoi ne pas lui demander de l'accompagner ?

— Es-tu déjà allée à New York ?

— Non. Pour être franche, je n'ai guère voyagé.

Et, après avoir goûté un chou de Bruxelles, elle s'exclama :

— C'est délicieux ! Je ne raffole pas de ces choux d'habitude, mais ceux-ci ne sont pas du tout amers.

Cole en mangea un, puis hocha la tête.

— Tu sais, à New York, je ne suis pas différent d'ici. Peut-être moins décontracté, mais ma personnalité reste la même.

— Je suis heureuse de l'entendre. Toutefois la vie canadienne est aux antipodes de la tienne.

— Elle est peut-être beaucoup plus agréable.

Les mots à peine sortis de sa bouche, il se demanda d'où lui venait cette réflexion, mais reporta son attention sur Brooklyn, qui venait de s'esclaffer.

— Tu le penses vraiment ? La vie est plus lente ici. Les distractions sont plus rares. Les théâtres, les restaurants ou tes autres occupations doivent te manquer.

— Détrompe-toi. Je reste en général à mon bureau jusqu'à 21 heures, et mes *autres occupations* n'ont rien de folichon. En revanche, j'ai pris beaucoup de plaisir à jouer aux cartes hier. Je ne me souviens d'ailleurs pas de m'être autant amusé depuis longtemps.

Cole leva alors son verre.

— Portons un toast à la vie simple et à des jours plus heureux.

— Oui, à Marvin, répondit-elle en faisant tinter son verre contre le sien.

— Bien sûr. Et à tirer le meilleur parti d'une mauvaise situation, car un dîner en tête à tête est une manière particulièrement agréable de passer un lendemain d'ouragan.

— Cole…

— Chut. Mange, maintenant. À titre d'information, je ne vois aucun inconvénient à regarder ensuite un film en faisant une razzia sur les barres chocolatées et autres friandises du minibar. Je suis simplement heureux de passer la soirée avec toi, Brooklyn.

Et c'était vrai.

Brooklyn savoura chaque bouchée du délicieux dîner. La dernière goutte de vin avalée, un grand bien-être l'envahit, la poussant à reconsidérer sa décision de l'après-midi.

Cole, en train de consulter la liste de films mis à la disposition des clients de l'hôtel, lui annonçait les titres accompagnés d'une brève description. Dans son peignoir, il paraissait d'un abord tellement plus facile. En un éclair, elle imagina sa peau contre la sienne, leurs corps emmêlés, puis se ressaisit.

Elle s'était déjà trop attachée à lui. Faire l'amour avec lui revenait à s'exposer à la souffrance le jour où il quitterait l'île. S'ils conservaient le statu quo, elle serait simplement plus solitaire qu'avant son arrivée.

La tentation n'en restait pas moins grande…

Ils se mirent d'accord sur un drame judiciaire. La télévision se trouvant face au lit, Brooklyn s'allongea sur celui-ci. Cole sortit un assortiment de friandises du minibar. Il fit ensuite sauter le bouchon d'une demi-bouteille de prosecco, lui remplit une flûte, puis se servit un whisky avec de l'eau gazeuse.

Ceci fait, il lui adressa un sourire d'enfant heureux et s'allongea à côté d'elle.

— Ma première soirée cinéma canadienne !

Tout en regardant le film, Brooklyn jetait des coups d'œil à la dérobée à Cole, impassible à côté d'elle. Au fur et à mesure des minutes, sa conscience de lui devenait plus aiguë. Lorsque les héros échappèrent de justesse à un danger et se retrouvèrent seuls, leurs sens exacerbés et reconnaissants d'être en vie, l'atmosphère changea subtilement dans la pièce, comme si l'adrénaline était passée de l'écran à eux.

Brooklyn tourna légèrement la tête et croisa le regard brûlant de Cole. Il ne fit pas un geste. Elle se souvint alors de ses paroles précédentes. Le contrôle de la situation lui appartenait. Sur le moment, elle avait vu dans cette expression son droit de conserver à leur situation son côté chaste. *Contrôle* prit soudain un tout autre sens.

Avoir le contrôle lui donnait le pouvoir d'obtenir ce qu'elle voulait. Une telle occasion ne se présenterait probablement jamais, alors pourquoi ne pas avoir une nuit dont elle contemplerait plus tard le souvenir avec délice et nostalgie ?

Brooklyn appuya sur la touche « pause » de la télécommande. Le silence se fit dans la chambre. S'agenouillant alors sur le lit, elle défit lentement la ceinture du peignoir de Cole, le vit déglutir, mais il ne bougea ni ne parla. Elle écarta les deux pans d'éponge, révélant son corps superbe dans toute sa virilité.

Comme elle dénouait sa propre ceinture, la peur lui fondit brusquement dessus. Plusieurs années s'étaient écoulées depuis sa dernière liaison, la lumière était allumée, et c'était une première fois. Elle hésita à lui dévoiler son corps. Le désir cependant vint à bout de sa soudaine timidité. Elle laissa le peignoir glisser de ses épaules autour de sa taille. Le regard émerveillé de Cole récompensa son courage.

— Brooklyn, murmura-t-il. Je ne sais… Je ne peux…

Entendre cet homme d'ordinaire plein d'assurance chercher ses mots sans les trouver lui infusa la force de profiter du grisant pouvoir que lui donnait sa féminité, et Brooklyn s'assit à califourchon sur ses cuisses. Son corps réclamant l'assouvissement de son désir, elle dut se faire violence pour jouir plus longtemps du droit de contrôle dont Cole l'avait investie.

— Caresse-moi. S'il te plaît, j'en meurs d'envie.

— Montre-moi où, murmura-t-il sans la lâcher des yeux.

Elle lui prit les mains, les guida jusqu'à ses seins, puis ferma les yeux. Offerte à son regard, elle savoura ses caresses, se sentit admirée, désirable.

Comme son plaisir montait, Brooklyn saisit l'érection de Cole. Il tendit aussitôt les hanches vers elle. Ouvrant les yeux, elle le vit, tête renversée sur l'oreiller, paupières baissées, bouche entrouverte. Se savoir capable de le mettre dans cet état la ravit.

— Brooklyn…, murmura-t-il en un souffle.

Elle se souleva, le prit en elle et entama un lent va-et-vient.
Cole la serra dans ses bras.

Ensemble ils grimpèrent vers les sommets du plaisir avec tendresse et lenteur comme si tous deux savaient qu'ils avaient une seule nuit.

Au moment où tout contrôle leur échappa, ils sombrèrent enlacés dans l'inconnu.

12.

Lorsque Brooklyn ouvrit les yeux, une faible lueur filtrait à travers les rideaux. Le jour se levait à peine. Cole dormait paisiblement, son corps nu pressé contre le sien. C'était si doux de se réveiller près de lui, dans ce lit où ils avaient passé une nuit tellement merveilleuse qu'elle n'était pas pressée de rentrer. Pourtant, dans quelques heures, ils seraient de retour sur l'île avec Marvin, et la réalité reprendrait ses droits, chacun réintégrerait son monde…

À cet instant, Cole battit légèrement des cils. Elle laissa alors glisser une main entre eux le long de son torse. Comme il soupirait, du bout des doigts elle s'aventura plus bas. Son audace matinale fut aussitôt récompensée : un sourire étira les coins de la bouche sensuelle de son bel Américain.

— C'est si bon, murmura-t-il.

Cette fois, Brooklyn lui abandonna le contrôle de la situation, heureuse d'accéder à ses désirs. Désirs qu'elle avait appris à connaître au cours de la nuit, tout comme lui avait découvert les siens et exploré chaque centimètre de son corps.

Lorsque plus tard Cole lui déposa un baiser sur le front avant d'aller prendre une douche, Brooklyn resta allongée, en proie à une multitude d'interrogations.

Pourraient-ils revenir à une relation de voisinage courtois après une si profonde intimité ? En ce qui la concernait, elle doutait d'être capable de s'en contenter. Mais qu'en était-il de lui ? Il avait admis ne pas avoir de relation de longue durée et refuser tout engagement après avoir été témoin du mariage malheureux de ses parents. Il n'allait pas changer d'avis du jour au lendemain…

Craignant de s'être emballée, Brooklyn résolut de ne voir dans cette nuit qu'une aventure d'un soir à ne pas renouveler. Force lui serait donc de reprendre le cours de sa vie dès leur retour sur l'île, comme si rien n'était arrivé, pendant qu'il poursuivrait la sienne à New York, et de maintenir des rapports amicaux lors de ses passages au Canada. En quelque sorte, il lui faudrait reléguer les doux moments partagés au rang de souvenirs.

Brooklyn passa à son tour dans la salle de bains pendant que Cole demandait à Dave de se tenir prêt à décoller.

Au lieu d'un petit déjeuner en chambre, ils prirent des cafés et quelques viennoiseries à emporter dans le salon de thé de l'hôtel, puis partirent pour la clinique.

À leur arrivée, la salle d'attente était remplie de patients accompagnés de leurs maîtres ou maîtresses. La vie reprenait après la tempête…

Marvin, bien que pas très assuré sur ses pattes, les accueillit avec de joyeux battements de queue.

Brooklyn s'accroupit devant lui et enfouit le nez dans sa fourrure.

— Eh bien, petit fripon, tu nous as fait une sacrée peur. Plus question de manger ce qui traîne sur la plage, tu m'as bien entendue ?

Au moment où Marvin lui léchait le visage, elle réalisa qu'elle avait employé *tu nous as* au lieu de *tu m'as*, comme si elle était en couple avec Cole.

— Votre chien est jeune et en bonne santé, dit le docteur Thorpe. Il ne devrait pas y avoir de complications. Pour les éviter, pas de courses sur la plage pendant deux semaines. De plus, son estomac étant sensible, il faudra adapter son régime jusqu'à complète guérison. À ce point, il a seulement besoin de repos et d'amour.

— L'amour sera là, et je le tiendrai en laisse.

— Au moindre problème, nous pouvons être chez vous très vite, intervint Cole. Je dois rentrer à New York dans quelques jours, mais ma gouvernante sera sur l'île pour seconder Brooklyn en cas de besoin, et mon pilote en stand-by.

Le docteur Thorpe éclata de rire.

— Marvin est mon premier patient à avoir sa propre ambulance aérienne.

Que Cole mette son pilote à sa disposition n'avait rien d'étonnant après la générosité dont il avait déjà fait preuve. En revanche l'entendre annoncer son prochain départ choqua Brooklyn. Le lui avait-il caché la veille au soir pour arriver à ses fins ? Car, bien sûr, ce détail l'aurait fait réfléchir avant qu'elle se donne à lui. Le doute s'insinua, assez persistant pour qu'elle se sente dupée.

Elle remercia le docteur Thorpe, lui promit de l'appeler à la moindre alerte, puis gagna le bureau d'accueil pour régler la facture. Jen lui tendit une liasse de papiers et lui apprit que c'était déjà fait.

— Tu n'avais pas à payer mes frais vétérinaires, Cole, lança-t-elle en marchant vers le taxi qui les attendait.

— Si ça te gêne, tu pourras me rembourser plus tard.

Il l'avait formidablement aidée jusque-là, mais son manque de franchise précédent l'avait blessée. Sa fierté se rebella.

— Je le ferai. Marvin est mon chien. Il est ma responsabilité.

— Pas de problème, répondit-il d'un ton léger.

Trop léger à son goût. La facture était élevée ; ajoutée à celle de l'hôtel, elle grèverait son budget, mais Brooklyn ne voulait pas être constamment redevable à Cole. Le laisser payer les changements apportés au port était différent dans la mesure où ils étaient nécessaires à son travail. Le reste était personnel. L'argent changeait la dynamique de leur relation, ce qui lui déplaisait. Finalement, c'était peut-être une bonne chose qu'il parte pour New York. La question de savoir si leur attirance était profonde ou superficielle ne se poserait plus.

— Tu es bien silencieuse, lui fit remarquer Cole au bout de quelques kilomètres.

— Je réfléchissais au travail qui m'attend, et au fait que je serai probablement sans courant encore trois ou quatre jours.

— Tant que tu as assez de carburant pour alimenter ton groupe électrogène, tout ira bien.

— Je sais.

C'était le cadet de ses soucis, mais il lui était impossible de partager les autres avec Cole.

Une fois dans l'hélicoptère, Brooklyn établit la liste de ses priorités. En premier lieu, mettre à Marvin le collier gonflable acheté pour sa dernière opération et plus confortable que le cône rigide traditionnel. Après, lui faire cuire du poulet avec du riz et des légumes. Enfin, faire face aux dégâts, à commencer par la branche d'arbre cassée. Il lui faudrait peut-être demander à son père de venir de Halifax avec sa tronçonneuse.

Un soupir lui échappa.

— Qu'y a-t-il ? demanda Cole tout en lui passant un bras autour des épaules.

— Simplement une tonne de choses à faire au retour. Une fois de plus, merci, Cole. Sans toi, Marvin aurait pu mourir avant que j'arrive à le ramener sur le continent.

Cole se pencha vers elle, les yeux pétillants.

— Tu pourras me montrer ta reconnaissance plus tard.

Brooklyn vit alors un léger sourire se dessiner sur la joue de Dave. Flûte, leurs micros étaient branchés ! Pas question de répondre. Si conversation il devait y avoir, elle aurait lieu hors de la présence du pilote.

Dan et Raelynn les attendaient sur l'héliport. Dan aida Cole à descendre Marvin, sa femme se pencha aussitôt pour le caresser.

— Je suis tellement heureuse qu'il soit sauvé, Brooklyn.

— Et moi donc. Il est cependant bien capable de me jouer un autre tour à la première occasion.

— Votre groupe électrogène fonctionne parfaitement. Je viens d'écouter les dernières nouvelles, le courant devrait être rétabli demain.

— Merci, Dan, d'avoir pensé à le brancher. J'apprécie énormément.

— C'est normal entre voisins.

Un silence inconfortable s'établit alors entre eux, comme si, plantés au pied de l'appareil, ils se demandaient que faire à présent. Brooklyn prit pour prétexte Marvin qui tirait sur sa laisse et déclara :

— Je vais ramener ce petit coquin à la maison. De plus, il me tarde d'enfiler des vêtements propres.

Par chance, Cole saisit l'occasion.

— Moi aussi. Je ferai un saut à la ferme dans l'après-midi, d'accord ?

— Pas de problème, répondit-elle.

Brooklyn n'était toutefois pas certaine du but de sa visite, ni de ce qu'elle voulait. Brusquement, leur nuit ensemble semblait appartenir à un autre monde. Un monde très loin de la réalité.

Après s'être changé, Cole organisa son retour à Manhattan. Sa première retraite s'était bien passée. Un de ses contacts d'affaires lui demandait s'il lui serait possible d'en planifier une pour ses propres cadres supérieurs courant novembre. Ce n'était pas la meilleure période de l'année, mais Dan et Raelynn s'assureraient de leur confort et un intervenant devant venir guider les activités, il donna son accord. Ensuite, il y en aurait de nombreuses autres pendant le printemps et l'été. Tout allait donc bien puisque c'était pour cette raison qu'il avait acheté la propriété.

Il imagina Brooklyn en plein hiver sur l'île, se demandant comment elle y survivait. Les tempêtes étaient fréquentes et plus pénibles en raison du froid et de la neige. Ça ne devait pas être drôle tous les jours d'être la seule habitante de Bellwether.

Et si…

Non, c'était ridicule. Elle ne quitterait jamais l'île. À moins que…

Cole se remémora la nuit précédente, et le réveil avec Brooklyn. Il se souvint de son rire pendant la partie de cartes, et de leur attente angoissée, doigts entrelacés chez le vétérinaire.

Il tenait tant à elle. Il pourrait même… l'aimer.

Quelle idée étrange pour lui qui n'avait jamais envisagé de penser ce mot !

Mais Brooklyn était différente des autres femmes. Et s'il n'avait jamais éprouvé de sentiments avec aucune, il en avait pour elle.

Alors qu'il s'attablait devant le déjeuner que lui avait servi Raelynn, son idée de demander à Brooklyn si elle voulait passer quelque temps avec lui à New York lui revint à l'esprit. Ils pourraient vivre ensemble dans son *penthouse*, peut-être même passer Thanksgiving dans la maison familiale du Connecticut. Si tout se passait bien, elle pourrait même attendre janvier pour rentrer ou rester plus longtemps…

Cole se renfonça dans son siège.

En fait, il était en train d'envisager une véritable relation. Or, pour la première fois de sa vie, cela ne l'effrayait pas.

De surprise, il posa sa cuillère.

Comment cela était-il arrivé ?

Peut-être parce que Brooklyn était la seule femme à ne pas courir après son argent. Elle avait même insisté pour prendre en charge les frais d'hôtel et de vétérinaire, que diable ! Avec elle, il avait l'impression que son statut social œuvrait contre lui plutôt que pour lui…

Malgré cela, elle lui plaisait. Elle lui avait fait assez confiance pour partager avec lui un événement douloureux de son passé, et s'était donnée à lui. Serait-il possible qu'elle l'aime ? Comme lui l'aimait ?

La voix de Raelynn interrompit sa réflexion.

— Ma soupe ne vous plaît pas, Cole ?

— Si, au contraire, elle est délicieuse, répondit-il en reprenant sa cuillère.

— C'est la chaudrée de maïs de la grand-mère de Brooklyn. Je pensais lui demander plus de recettes régionales afin d'apporter une note du terroir à mes menus pour vos invités.

— C'est une excellente idée.

Raelynn s'assit alors à côté de lui, une expression inquiète sur son visage d'ordinaire souriant.

— Qu'y a-t-il ? Vous avez un souci ? lui demanda-t-il.

— Non, tout va bien. En fait, Dan et moi aimerions avoir un bébé. Bien sûr, je ne prendrais qu'un court congé de maternité, mais je préférais vous en parler.

— Je le comprends. C'est normal de vouloir fonder une famille. Est-ce indiscret de vous demander si vous êtes déjà enceinte ?

— Non. Je ne le suis pas encore. C'est juste que… Nous nous plaisons beaucoup ici ; l'appartement au-dessus du garage est très confortable pour deux…

— Mais n'est pas assez grand avec un bébé, c'est ça ?

— En effet. On pourrait se débrouiller, mais il sera vite un peu juste.

Cole savait depuis le départ que le logement était trop exigu. Proposer à Dan et Raelynn de s'installer dans le manoir n'était pas la solution, ils avaient besoin de leur propre espace. L'idéal était la maison de Brooklyn ; hélas, elle l'avait remercié d'avoir abandonné l'idée de la racheter…

— Je vais trouver une solution. Vous venez à New York voir vos familles pour Thanksgiving, n'est-ce pas ?

— C'est prévu ainsi, sauf si vous avez besoin de nous ici.

— Non, il n'y a pas de retraite cette semaine-là et je serai à Manhattan.

Donc Brooklyn serait seule sur l'île. À moins qu'il arrive à la persuader de l'accompagner.

Cole se leva de table.

— Je serai de retour à l'heure du dîner, annonça-t-il. Je vais prendre des nouvelles de Marvin.

Il vit à l'expression de Raelynn qu'elle ne croyait pas à cette excuse. Peu importait. Brooklyn et lui avaient besoin de discuter.

13.

Brooklyn regarda Marvin, couché dans son panier. Il avait l'air un peu ridicule avec son collier gonflable, mais c'était le seul moyen de l'empêcher de gratter son incision.

Le café finissait de passer lorsqu'elle aperçut Cole remonter l'allée. Elle sortit alors du placard la bouteille d'*Irish cream*. Un peu d'alcool serait probablement nécessaire pour la conversation à venir.

À l'entrée de leur visiteur, Marvin se contenta d'agiter la queue. Malgré son manque de tonus, il était heureux de le voir.

Elle aussi. Trop d'ailleurs, ce qui n'était pas bon signe.

Cole s'accroupit aussitôt devant le panier.

— Alors, mon bon chien, tu n'as pas l'air en grande forme.

— Il boude à cause de son collier, répondit-elle avant de lui montrer la bouteille. Tu en veux une goutte dans ton café ?

— Ce n'est pas de refus.

Brooklyn les servit. Elle en buvait très rarement, mais la situation l'exigeait.

— Ça me rappelle mon grand-père, il en mettait dans son café le week-end quand nous venions le voir en automne, puis il le buvait sur la terrasse à l'air frais.

— Ça devait être sympathique. Tu veux t'asseoir dehors ?

L'idée lui plut. L'air dissiperait sa nostalgie, probablement née d'un retour au calme après deux jours vécus dans l'urgence et dans l'opulence du mode de vie de Cole. L'argent n'achetait pas le bonheur, mais il facilitait sans aucun doute l'existence.

Marvin dormant dans son panier, ils s'installèrent dans

les fauteuils face au port. Brooklyn but une gorgée de café. Dans la seconde un afflux de souvenirs s'imposa à son esprit. Cette île, cette maison représentaient le bonheur à ses yeux.

— Je suis venu pour discuter de nous, Brooklyn.

— *Nous* ? demanda-t-elle, surprise de cette entrée si directe.

— Oui. Passer la nuit ensemble n'était pas anodin. Quelque chose a changé entre nous, tu ne crois pas ? Et pourrais-tu me regarder, s'il te plaît ?

Brooklyn, qui trouvait gênant de croiser son regard après leur récente intimité, leva les yeux. L'inévitable se produisit. Son pouls s'emballa et une douce chaleur se diffusa dans ses veines. C'était à la fois agréable et douloureux. Tout en lui rappelait leur différence de classe. Il était sûr de lui sans être arrogant, irradiait le luxe sans être ostentatoire, bref il était intimidant. Alors, ensemble, ils ne pouvaient former qu'un couple déséquilibré.

— Il s'agissait d'une nuit unique, Cole. Je n'ai aucune attente.

Au léger mouvement des muscles de son visage, elle devina qu'il s'attendait à une autre réponse.

— Je ne comprends pas. Selon tes propos, tu n'es pas du style à avoir des aventures d'un soir. Alors, j'apprécie que tu veuilles me libérer de toute obligation, cependant as-tu pensé que je pourrais ne pas souhaiter l'être ?

Brooklyn retint son souffle, déconcertée. Voulait-il avoir une relation ? Non, c'était impossible. Cole ne s'engageait jamais. Du moins autrement que sur le plan physique. En revanche, elle avait déjà engagé son cœur. Or, même s'il avait des intentions sérieuses, elle ne pourrait jamais abandonner sa vie si difficilement reconstruite sur l'île, ni s'intégrer à la sienne si mondaine. S'éloigner au plus vite était donc impératif sous peine de souffrir bien davantage le jour où il la quitterait définitivement.

— Que veux-tu de moi, Cole ?

Il tourna son fauteuil pour lui faire face, puis lui prit les mains.

— Je veux que tu viennes avec moi à New York. Je dois partir dans les prochains jours. Marvin n'étant pas encore remis, je souhaiterais que tu me rejoignes quand il ira mieux. Je ne veux pas me séparer de toi après ce que nous venons de vivre au Sandpiper, et avons vécu ensemble auparavant. J'ai envie de t'avoir tout le temps près de moi. Je t'en prie, accepte. Je tiens trop à toi.

— Tu veux une véritable relation ? demanda Brooklyn d'une petite voix.

— Je veux nous donner une chance d'explorer ce qui se passe entre nous. Je ne peux pas rester indéfiniment sur l'île, mais tu pourrais venir découvrir mon monde. Tu ne connais pas New York, je te montrerais la ville, ses musées, ses restaurants, ses théâtres. On irait même se promener dans Central Park avec Marvin.

Le visage de Cole s'était illuminé. Brooklyn cependant était sceptique. Elle craignait de ne pas se sentir à sa place.

— J'ai du travail ici, Cole. Cette période est la plus chargée de l'année. Je ne peux pas partir au pied levé. Ça ne fonctionne pas ainsi dans le vrai monde.

Cole fronça les sourcils tout en reculant dans son siège, visiblement surpris.

— D'accord, tu ne peux pas teindre ta laine dans mon *penthouse*, mais tu peux gérer tes affaires en ligne.

— Ce n'est pas la question.

— Alors, quelle est-elle ?

Brooklyn dégagea ses mains.

— La question est que tu t'attends à me voir céder à ton caprice subit. Tu es habitué à obtenir tout ce que tu veux. À tes yeux ma vie est si insignifiante que je devrais tout abandonner et partir parce que tu as claqué des doigts.

Il la regarda, bouche bée.

— Quand t'ai-je donné cette impression ?

Jamais. Brooklyn avait parlé sous l'effet de la panique. Dès l'instant où Cole était arrivé sur l'île, il avait menacé la sécurité de son existence. Oui, elle tenait à lui, mais il ne lui proposait pas d'avenir. Et c'était elle seule qui ferait des sacrifices, pas lui.

— C'est visible à ta manière de vivre. Tu décroches ton téléphone, et un pilote est prêt à t'emmener où tu veux. Tu t'offres une île pour avoir un refuge haut de gamme. Tu n'hésites pas à faire monter les enchères pour me déloger de chez moi. Tu aimes peut-être seulement ma façon de te tenir tête, car je dois être la seule à l'avoir fait depuis très longtemps. Mais qu'arrivera-t-il le jour où tu te lasseras de moi ? Que deviendrai-je ? Tu ne te soucies pas de cela. Seul ton bien-être immédiat compte.

Face au visage abasourdi de Cole, Brooklyn s'en voulut de s'être montrée si dure. À sa décharge, son invitation l'avait prise au dépourvu. Comment aurait-elle pu s'attendre à ce qu'il veuille approfondir leur relation quand aucun de ses propos ne l'y avait préparée ?

— Ta piètre opinion de moi me surprend, répondit Cole d'un ton très calme. Je pensais que tu me connaissais mieux. Surtout après que je t'ai confié des histoires intimes dont seuls mes amis ont connaissance.

Sa déception fit mal à Brooklyn, qui ajouta d'un ton débarrassé de sa colère précédente :

— Je ne m'intégrerais pas dans ta vie, Cole. Nos mondes sont trop différents. Je serais malheureuse. Ma place est ici.

— Je ne t'ai pas demandé d'abandonner l'île, seulement de nous donner une chance, Brooklyn. Je n'ai jamais fait une telle offre à une femme auparavant. Je suis bien avec toi, tu es la personne la plus authentique que j'aie rencontrée. Je ne t'aime pas parce que tu représentes un défi, je t'aime parce que tu me forces à me remettre en question, et j'en ai besoin. Quand je suis seul, tu me manques. Je me suis engagé à mieux équilibrer ma vie, et je te voyais faire partie de ce nouvel équilibre. S'il te plaît, donne-nous une chance.

Cole avait dit l'*aimer*. Brooklyn en eut le cœur serré. Comment cela était-il possible ? C'était trop rapide, ils se connaissaient si peu. Ne le réalisait-il pas ?

— Tu ne peux pas dire cela après une nuit passée ensemble.

— Tu me surprends. Nous avons partagé plus qu'une nuit. Cette nuit était un aboutissement. Tu as peur, j'imagine, et je le comprends. Moi aussi j'ai très peur. Mais j'ai confiance en toi. Je ne te crois pas intéressée par ma fortune, je crois au contraire qu'elle joue contre moi à tes yeux.

Brooklyn ne put le nier.

— Je ne serais pas à ma place dans ton monde, et tu finirais par m'en vouloir. Je n'aurais pas dû faire l'amour avec toi en sachant que nous n'avions aucun avenir ensemble. En fait, je me suis demandé si tu ne m'avais pas annoncé ton départ avant de craindre que je refuse.

— Au contraire. Je ne t'en ai pas parlé parce que j'essayais d'y voir clair dans mes sentiments, de décider que faire. Puis j'ai imaginé t'emmener à New York, te montrer mon monde et j'ai pensé…

Cole se passa les mains dans les cheveux.

— Peu importe ce que j'ai pensé. Tu ne veux rien avoir à faire avec mon monde. Tu me veux simplement dans ton monde sécurisé de l'île où tu ne prends aucun risque. Tu m'as pratiquement accusé de t'avoir menti par omission pour te mettre dans mon lit. Je n'apprécie pas. Mais alors pas du tout. Nous étions amis, Brooklyn. Du moins je le croyais. Nous nous sommes confiés l'un à l'autre, ce qui est inhabituel pour chacun de nous. Tu regrettes peut-être ce qui s'est passé hier soir, mais pas moi. Mes intentions te concernant étaient pures. Peux-tu en dire autant ?

Brooklyn frémit d'indignation.

— Absolument. Je n'attendais rien de toi, si c'est ce que tu sous-entends.

— Vraiment ? Parce que de toute manière j'allais partir, ou parce que tu pensais que je ne tenais pas à toi ? Crois-tu que j'ai loué un hélicoptère pour faire soigner Marvin afin de t'impressionner avec ma fortune ? Sincèrement, j'espère que non. C'était ma façon d'aider une amie dans la détresse. Mais j'ai peut-être eu tort. Je croyais que tu avais une meilleure opinion de moi.

Des larmes brûlèrent les yeux de Brooklyn. Sans le vouloir, elle avait blessé Cole. Trop préoccupée par son statut pour voir l'homme sensible en lui, elle n'avait pas pris en compte ses sentiments.

— Tu as raison sur certains points, et cela prouve que nous ne sommes pas compatibles. C'est tout ce que je peux te dire. Je suis désolée.

Cole se tut quelques secondes. Enfin, il poussa un long soupir, et se leva.

— Tu me surprends et me déçois, Brooklyn.

Ces mots la piquèrent au vif après des années passées à tenter de surmonter son sentiment d'avoir déçu sa propre famille en abandonnant ses études puis en s'isolant sur l'île.

Cole se pencha. Face à son regard, elle trembla intérieurement.

— Tu as tellement plus de valeur que tu ne le penses, mais tu te caches pour que personne ne la voie. Construire ta vie sur cette île t'a paru être la solution, mais c'est en fait un moyen d'éviter de gérer ce qui t'est arrivé. Je le sais pour avoir agi de manière similaire après le décès de mon père, puis pendant mon souci de santé.

Sa voix s'adoucit et il lui effleura la joue de la main.

— C'est un choix entre fuir ou embrasser la vie. Après avoir accepté mes sentiments pour toi, j'ai décidé d'arrêter de fuir. Je ne peux pas te forcer à en faire autant. Tu dois le faire seule, quand tu seras prête. Peut-être ne le seras-tu jamais.

Il laissa alors retomber sa main, puis recula.

— Je pars dans deux jours. Dan et Raelynn restent jusqu'à

Thanksgiving. N'hésite pas à faire appel à eux en cas de besoin. Au revoir, Brooklyn.

Trop sidérée pour prendre congé de lui, elle le regarda s'éloigner. Elle aurait aimé pouvoir dire que venir sur l'île avait été sa manière d'embrasser la vie, mais c'était faux. Cole l'avait parfaitement comprise. Si se terrer sur Bellwether n'était peut-être pas la solution, s'envoler pour New York ne l'était pas plus.

Elle attendit qu'il ait disparu pour rentrer. Sa maison l'accueillit, son havre sécurisé toujours chaleureux où Marvin dormait encore dans son panier. Pourtant, même avec lui elle se sentait seule. Et encore plus sans Cole, parti à jamais.

Brooklyn essuya les larmes qui lui brûlaient les yeux. Pas question de pleurer Cole Abbott et ses paroles blessantes. Ni de pleurer ses propres décisions.

Elle était forte, donc elle l'oublierait.

Cole pénétra d'un pas décidé dans les bureaux d'Abbott Industries.

C'était le troisième jour depuis son retour. Même s'il appréciait de reprendre son travail en présentiel, car il bénéficiait sur place d'une énergie différente qui lui avait manqué, il ne cessait de regretter la manière dont sa relation avec Brooklyn avait pris fin. Tout ce qu'il lui avait dit ce jour-là sur la terrasse était vrai. Y compris le fait qu'il l'aimait…

— Bonjour, Jennifer.

— Bonjour, monsieur Abbott, répondit la réceptionniste. Votre premier rendez-vous est arrivé.

Cole en avait deux programmés ce matin-là. Dont un avec les cadres supérieurs ayant participé à la retraite, dont le but était de faire le point sur les retombées professionnelles et personnelles de leur séjour depuis leur retour à la « vraie vie ». Il attendait celui-là avec impatience.

Le premier cependant était une entrevue privée dont il avait hâte d'être débarrassé.

Après avoir salué son assistante, Cole lui demanda de lui faire apporter deux cafés, puis entra dans son bureau.

Sa mère était assise derrière sa table de travail. Il réalisa en cet instant qu'elle n'était plus venue chez Abbott Industries depuis le décès de son mari.

— Bonjour, Cole.

À l'approche de la soixantaine, Allison Abbott était très belle, dynamique et parfaitement coiffée et maquillée. Une femme qui avait toujours pris soin de se montrer sous son meilleur jour en public. Sa manière de dissimuler le désastre de sa vie privée.

— Bonjour, maman. Je te remercie d'être venue.

— Répondre à une convocation est la moindre des choses.

Cette pique soulignant la nature de leur relation le blessa.

— J'ai été débordé depuis mon retour. C'est pourquoi j'ai trouvé plus pratique de te voir ici. Installons-nous dans les fauteuils, tu y seras mieux que derrière mon bureau.

Un éclat de rire salua sa remarque, dont Cole trouva la gaieté inhabituelle.

— Je me demandais si ça allait t'irriter. Tu peux te montrer si austère.

Lui, austère ? Branson et Jeremy n'avaient jamais mentionné ce trait de caractère. Lui-même était fier de son charme social, même s'il le forçait souvent. Il n'avait jamais eu à le faire avec Brooklyn. Il pouvait être naturel avec elle, comme avec ses deux amis et leurs compagnes, Jessica et Tori.

— Tu ressembles à ton père sur de nombreux points, poursuivit Allison tout en se dirigeant vers le coin salon du bureau.

Elle se tut ensuite, le temps que l'assistante leur serve leurs cafés.

— Pourquoi m'as-tu demandé de venir aujourd'hui, Cole ?

— Je veux te parler de papa et toi.

— Grand Dieu ! Que veux-tu savoir ?

Cole prit une profonde inspiration. C'était un sujet difficile à aborder avec sa mère mais, sa réponse lui étant importante, il s'arma de courage.

— Je n'ai jamais vu de signes d'affection entre vous. Vous ne faisiez rien ensemble dans le privé. En bref, je n'ai jamais compris votre relation. Et j'ai toujours eu l'impression… d'être de trop.

Le regard d'Allison s'adoucit. Son sourire disparut, laissant place à une expression mélancolique.

— J'en suis désolée. Ton père et moi avions une relation… compliquée. Mais pourquoi me demandes-tu cela maintenant ? As-tu rencontré quelqu'un ?

— Je ne vois pas le rapport.

Elle eut un petit rire.

— Allons, Cole, tomber amoureux nous pousse tous à nous poser de nombreuses questions.

Le ton de sa voix alerta Cole. Comme elle croisait et décroisait machinalement les doigts, il remarqua l'absence de son alliance et de sa bague de fiançailles. Cela le gêna une fraction de seconde. Toutefois, la froideur ayant caractérisé son couple, sa mère n'avait plus à les porter. Il se demanda alors pourquoi ses parents n'avaient pas divorcé.

— Ta remarque est intéressante dans la mesure où papa et toi n'avez jamais eu l'air amoureux.

— Nous ne l'étions pas. Cela ne signifie cependant pas que j'ignore ce qu'est l'amour. Ne sois pas naïf, mon fils.

Zut. Il l'avait cherché. On avait tendance à voir ses parents comme des êtres humains matures, réfléchis et libres de soucis personnels. Or toutes sortes de peines se cachaient derrière leur surface lisse… Ce n'en était pas pour autant rassurant !

— Ta réflexion est déplacée, maman.

— J'en suis désolée, mais elle ne l'est pas nécessairement. Je n'étais pas heureuse avec ton père. Cela a affecté ma vie et, par extension, la manière dont je t'ai élevé. Je n'ai pas été une bonne mère. Je ne pense pas avoir compris à quel point j'étais malheureuse avant de…

Elle marqua une légère pause tandis que ses joues rosissaient.

— Avant d'être libre d'être heureuse.

— Et tu l'es maintenant ?

— Oui, Cole. J'avais d'ailleurs l'intention de venir te voir pour t'annoncer une nouvelle, mais tu m'as appelée.

Son expression était chaleureuse à présent, paisible et heureuse, remarqua-t-il. Elle semblait avoir perdu dix ans en une seconde.

— De quoi s'agit-il ?

— Je vais me remarier. Je voulais que tu sois le premier à l'apprendre.

De stupeur, Cole se renfonça dans son fauteuil. Il ne s'était absolument pas attendu à une telle déclaration. Comment avait-il pu ne rien voir venir ?

Il était sur son île, bien sûr, caché loin du monde…

— Qui vas-tu épouser ?

— Edward Mowbry.

— Ton avocat ! De quand date votre relation ?

— D'il y a trente ans.

Cole posa sa tasse de café, craignant de la renverser.

— J'avais cinq ans, alors. Donc…

Allison soutint son regard.

— Cela signifie que j'ai eu une liaison. Mais ce mot sordide ne convient pas. Je suis tombée amoureuse.

— Papa était au courant ?

— Oui, enfin, il a fini par le savoir. En vérité, Cole, notre mariage était l'alliance de deux familles nanties de même rang social. Nous nous aimions bien, mais cela ne suffit pas pour une union heureuse. Nous l'avons très vite appris à nos dépens.

Cole, qui avait idolâtré son père, eut de la peine pour lui. D'accord, il était distant et dur avec lui, mais c'était probablement pour le former. Ses rares compliments l'avaient profondément touché, et ils avaient eu ensemble des moments heureux. Alors, apprendre que sa mère l'avait trompé…

— Comment l'a-t-il pris ?

— Mal. Il ne m'a pas adressé la parole pendant des semaines.

— Pourquoi n'as-tu pas demandé le divorce si tu étais si malheureuse ?

— Edward a mis un terme à notre relation car j'en étais incapable. De toute manière, si j'avais quitté ton père, il ne m'aurait pas laissée t'emmener. Donc je suis restée.

Cole s'efforça de digérer cet afflux d'informations sans porter de jugement. Un point pourtant n'était pas clair. Elle était restée sans pour autant être proche de lui, encore moins affectueuse.

— Tu avais envie de m'emmener vivre avec toi ?

Il remarqua alors les yeux remplis de larmes de sa mère.

— Oui, j'espérais pouvoir être une meilleure mère en étant heureuse. Je n'avais jamais pu t'éduquer comme je le voulais. Ton père disait savoir ce dont tu avais besoin. Il rejetait toutes mes idées. J'ai fini par perdre confiance en moi, et en mes principes d'éducation. Puis il t'a envoyé en pension, contre mon avis.

— Ne le regrette pas, mes années à Merrick Hall ont été les meilleures de ma vie.

— Je le regrette quand même. Tu aurais dû avoir notre maison pour foyer. Pas un pensionnat. Tu as eu tous les avantages matériels dus à notre fortune, mais tu as manqué d'amour et d'affection. Je reconnais ma responsabilité sur ce point. J'étais trop malheureuse pour pouvoir te donner l'amour nécessaire, mais je m'accrochais à ma faible influence sur ta vie. Et je craignais, si je partais, de m'effondrer totalement et d'être incapable de surmonter mon désespoir. Je comprendrais que tu me haïsses, ou au moins ne souhaites plus entendre parler de moi. À vrai dire, je m'y attendais en décidant de te parler à cœur ouvert.

Ce dernier aveu attrista Cole. Il avait certes souffert du

désintérêt de sa mère, mais il la voyait soudain comme un être humain en proie à ses propres problèmes. Lui en vouloir ou la juger lui était impossible, il avait lui-même connu le désespoir.

— Je ne te hais pas, maman. Je sais ce que c'est que de s'effondrer. Ça m'est arrivé. La bonne nouvelle est qu'on remonte la pente. Après le décès de papa, je me suis jeté à corps perdu dans le travail. Il m'a fallu une alerte de santé pour prendre conscience de ce qui m'attendait si je ne réagissais pas. Alors j'ai acheté une propriété en Nouvelle-Écosse. Tu l'aimerais, je crois. Un superbe manoir sur une île avec de longues plages de sable fin, des paysages à couper le souffle…

Une merveilleuse voisine et son adorable chien. Un endroit où il avait laissé son cœur.

— Bref, je suis heureux que tu m'aies parlé. C'est dommage que tu ne l'aies pas fait plus tôt.

— Ton père n'était pas un mauvais homme, loin de là. Simplement nous n'étions pas faits l'un pour l'autre. En tant que mère, j'aurais dû me consacrer à toi au lieu de m'enfermer dans la dépression. Toute la faute me revient. Pardon.

Cole ne s'était attendu ni à des excuses ni à un éloge sur son père. Il était conscient du manque d'harmonie entre ses parents, mais la confession de sa mère lui permettait de regarder son passé d'une manière différente. Et la vie d'Allison aussi.

— Alors tu aimes réellement Edward, n'est-ce pas ?

Le sourire qui éclaira le visage de sa mère suffit à l'en convaincre. Ses yeux se mirent à briller, tout stress disparut de ses traits.

— Oh ! oui. Après notre séparation, il s'est marié, puis a divorcé. Nous nous sommes croisés il y a quelques mois à une soirée et… une étincelle a jailli, comme la toute première fois.

Cole repensa à sa première vision de Brooklyn, quand il s'attendait à une femme d'âge mûr, une paire d'aiguilles à tricoter dans les mains. À la place, il avait vu cette si belle jeune femme aux yeux de la couleur d'un ciel azuré, et à la somptueuse chevelure blonde. Il comprit immédiatement le sens de l'expression de sa mère.

— N'as-tu pas peur qu'au bout de quelques mois votre relation se gâte ? demanda-t-il avant de se reprendre. Excuse-moi, je projette mes craintes sur toi.

— As-tu rencontré quelqu'un ?

— Oui, et avec elle j'ai pensé avoir vaincu ma peur de l'engagement.

— Je devine un *mais*. Que s'est-il passé ?

— À ses yeux, nous appartenons à des mondes trop différents. Et elle veut des garanties.

— La vie n'en offre aucune. Il faut tenter sa chance et espérer.

— J'ai eu peur d'espérer.

— Edward m'a brisé le cœur une fois, mais nous avons eu une seconde chance. Cette femme et toi pourriez…

— Son nom est Brooklyn.

— Brooklyn et toi pourriez discuter. J'aimerais te voir heureux, Cole. N'attends pas d'avoir mon âge pour partager ton cœur.

La gorge de Cole se serra.

— C'est notre première profonde conversation, maman.

— Bien tardive, hélas.

— Je suis heureux pour toi. Vous avez probablement déjà prévu votre lune de miel, mais vous êtes les bienvenus sur l'île. Un couple assure l'entretien du manoir, il me suffit de les avertir pour qu'ils préparent votre arrivée.

— Alors tu viendras au mariage ? Je craignais que tu ne sois furieux de me voir me remarier.

— Papa n'est plus là. Je veux te voir heureuse. Et si tu l'es, je le suis aussi.

Des larmes se mirent à briller dans les yeux de sa mère.

— Nous avons été des parents si froids. J'ignore d'où tu tiens ce grand cœur.

— Tous ne le voient pas, répliqua Cole en riant.

— Et Brooklyn ?

— Avant, peut-être. Elle n'en veut plus. Elle a été très claire.

— Je suis vraiment désolée, Cole.

— Moi aussi. N'en parlons plus. Ta nouvelle mérite d'être fêtée. Et si nous allions dîner au champagne avec Edward ?

— Excellente idée. J'appellerai ta secrétaire pour harmoniser nos emplois du temps.

Cette réplique indiqua à Cole à quoi se limitait la relation de sa mère avec son père. Et avec lui jusque-là.

— Non, maman. Tu m'appelleras, *moi*.

— Tu es un fils meilleur que je ne le mérite.

Elle se leva, l'attira dans ses bras et murmura :

— Merci, Cole. Si tu aimes Brooklyn, n'abandonne pas, essaye de lui parler, et écoute-la. L'amour est trop précieux pour le laisser filer.

Après avoir raccompagné sa mère, Cole se rassit, puis se prit la tête entre les mains. Il aimait Brooklyn, elle lui manquait, mais il ignorait comment la faire changer d'avis. Il ne pouvait pas abandonner Abbott Industries, il aimait ce travail qui lui donnait une raison de se lever le matin. Au bout d'un mois sur l'île, il tournerait en rond, serait malheureux. Or sa mère venait de lui montrer ce qu'il advenait à une personne malheureuse.

En même temps, vivre sans Brooklyn lui paraissait impossible. Comment concilier leurs besoins si opposés ? L'inciter à changer de vie pour lui la rendrait malheureuse.

Elle avait peut-être raison, leurs mondes étaient trop différents pour être conciliables.

Mais Dieu que c'était douloureux.

14.

Brooklyn détacha la laisse de Marvin. Il s'élança aussitôt sur la plage, soulevant des gerbes de sable derrière lui comme si son épreuve n'était jamais arrivée. Panser son incision, lui préparer des repas appropriés, veiller à ce que son activité soit minimale et lui prodiguer de l'amour lui avaient permis de ne pas penser sans cesse à Cole.

Mais le reste du temps, ses paroles de leur dernière conversation lui revenaient à l'esprit, l'incitant à se remettre en question. Avait-elle peur de leur donner une chance car elle ne pouvait contrôler ni leur relation ni l'éventualité d'une rupture ?

En fait, le contrôle était synonyme de sécurité à ses yeux, car l'avoir perdu en quelques minutes un après-midi de printemps l'avait mise en danger. Tout cela, Cole l'avait déjà deviné lors de leur nuit au Sandpiper, sinon pourquoi lui avoir dit qu'elle seule avait le contrôle de ce qui arriverait ou n'arriverait pas entre eux. Au moment de passer à l'acte, c'était cette possibilité de maîtrise qui l'avait décidée.

Ils arrivaient au bout de la plage lorsque Brooklyn vit Dan et Raelynn, marcher main dans la main. Le tableau de ce couple heureux lui réchauffa le cœur. Sentiment doux-amer toutefois. Lors d'une nuit pas si lointaine, Cole et elle en avaient fait autant au clair de lune.

Marvin courut vers eux quémander des caresses. Une minute plus tard, Brooklyn les rejoignait. Elle ne leur avait pas parlé depuis le départ de Cole. Dan l'avait ramené en bateau sur le continent. Raelynn les avait accompagnés pour faire quelques courses. Tous deux s'étaient arrêtés à la ferme afin de lui demander si elle avait besoin de quelque chose. Un geste de bon voisinage.

— Bonjour, Brooklyn, dit Raelynn en la serrant dans ses bras. Ça fait plaisir de voir Marvin totalement guéri. De vous voir aussi, d'ailleurs. Vous ne pouvez plus nous éviter dorénavant.

— Enfin, Raelynn ! s'exclama Dan, visiblement choqué.

— Elle a raison, je vous évitais. Ma relation avec Cole ne s'est pas très bien terminée. J'étais gênée.

— Cole n'était plus lui-même non plus. Il a tourné en rond les deux jours précédant son départ. Il ne faisait pas bon être près de lui.

— Je suis désolée.

— Ce n'est pas votre faute.

— Si, ça l'est. Je ne lui ai pas donné la réponse qu'il espérait.

— Il reste responsable de ses réactions.

À ce moment-là Marvin revint avec un morceau de bois. Dan le prit et, visiblement heureux de cette occasion d'échapper à la discussion, partit le lancer plus loin sur la plage.

— Mon mari vous en veut d'avoir brisé le cœur de Cole, expliqua Raelynn.

— Je n'ai pas ce pouvoir !

— Si, Brooklyn. Il est tombé amoureux fou de vous.

— Ça n'aurait pas marché. Nous sommes trop différents.

— Différents en quoi ?

— Enfin, regardez sa vie et la mienne. Il est milliardaire. Sans être pauvre, je ne possède qu'une propriété et un livret d'épargne.

Raelynn éclata de rire.

— Ce n'est que de l'argent, une façade, l'important est le cœur. Je connais Cole depuis pas mal d'années maintenant, il s'illumine en votre présence. Vous lui procurez un équilibre et une joie que rien ni personne d'autre ne peut lui donner. Il a peut-être besoin de vous. Et vous avez besoin de lui.

— Vous croyez ça ?

Raelynn soutint son regard.

— Oui. Vous vous cachez ici. Pourquoi ne pas dépasser vos peurs et goûter à d'autres joies ? Vous n'en sortirez pas changée, si c'est ce qui vous inquiète. Vous êtes bien trop obstinée.

Brooklyn éclata de rire. Elle aussi s'illuminait dès que Cole entrait dans une pièce ou arrivait à sa porte…

— Cole est en mal d'amour, poursuivit Raelynn. Il a eu une jeunesse privilégiée, mais ni amour ni affection, d'après ce que je sais. Pourtant c'est un homme immensément généreux et qui n'attend jamais rien en retour.

Elle savait cela. Il avait rejeté son virement couvrant les frais du vétérinaire et de l'hôtel. Sur le moment, elle s'était dit qu'il était encore en colère, mais elle se demanda finalement s'il n'avait pas une autre raison.

— Je l'ai blessé, or je n'en avais pas l'intention.

— Dan et moi l'avons compris. Nous pensons cependant que vous avez fait une grosse erreur en refusant de vous donner une chance en tant que couple.

Un silence s'ensuivit. Toutes deux regardèrent Dan jouer plus loin avec Marvin. Il commençait à faire froid. Brooklyn enfouit ses mains dans ses poches.

— J'ai eu peur, dit-elle enfin.

— On a tous peur de quelque chose. Sacrément peur même, parfois. Mais nous avons le choix entre laisser cette peur contrôler notre vie et nous battre pour ce que nous désirons. Une raison vous a fait choisir une existence calme et familière ici. Elle vous a peut-être convenu un temps, mais n'avez-vous pas envie de plus ? Ne voulez-vous pas l'amour, de l'enthousiasme, des surprises ? Ne voulez-vous pas embrasser la vie ?

Des larmes brûlèrent brusquement les yeux de Brooklyn.

Cole lui avait tenu à peu près les mêmes propos, d'un ton blessé. Il s'était senti rejeté.

Or c'était en embrassant la vie une nuit avec lui qu'elle avait été heureuse…

Aurait-elle le courage de leur donner une chance, d'affronter une ville grouillante comme New York quand il lui était encore difficile de s'aventurer dans des endroits inconnus de son petit coin du Canada ?

— Je ne peux pas laisser Marvin, dit-elle.

— Votre ton n'est pas convaincant, répliqua Raelynn avant de lui montrer Dan en train de courir derrière le chien. On prendra soin de lui, on est encore là jusqu'à Thanksgiving. On surveillera votre maison aussi.

— Je ne sais pas si mon passeport est encore valide.

— Eh bien, vérifiez et faites-le prolonger si besoin.

— C'est terriblement gentil, Raelynn. D'un côté je suis terrifiée, de l'autre je pense devoir au moins essayer. Je suis si malheureuse depuis le départ de Cole.

— C'est un homme bon, et il vous aime. Ne laissez pas la peur vous retenir. La récompense sera plus que vous ne pouvez rêver, croyez-moi.

— Pouvez-vous m'aider ? Je ne sais même pas où le trouver.

Raelynn lui adressa un grand sourire.

— Allez vous occuper de votre passeport puis venez me voir. Je vous donnerai tous les détails.

— Pourquoi êtes-vous si déterminée à nous pousser dans les bras l'un de l'autre ?

— Je vous l'ai dit. Cole était sinistre avant son départ. Je ne veux pas d'un patron aussi morose. Il a besoin de votre soleil dans sa vie.

— Merci, Raelynn, dit Brooklyn, rayonnante. Je reviens dès que j'ai trouvé mon passeport.

Et elle appela Marvin.

— Tout va bien ? demanda Dan en arrivant à leur hauteur.

— Mieux que ça, mon chéri. Nous allons garder cet adorable animal quelque temps.

Après un moment de panique à la vue de l'avion entièrement plein, Brooklyn gagna son siège et écouta de la musique méditative jusqu'à ce que l'appareil amorce sa descente sur l'aéroport de Newark.

L'atterrissage effectué, elle suivit le flot de passagers, faisant appel à toute sa force intérieure pour combattre sa peur des foules. Une fois dans le taxi, elle se décontracta et admira le paysage du New Jersey. À 10 h 30, le chauffeur la déposa devant un gratte-ciel de Manhattan, siège des bureaux d'Abbott Industries.

Ayant craint de renoncer au dernier moment, Brooklyn n'avait pas prévenu Cole de son arrivée. Mais elle avait eu le courage d'affronter l'inconnu pour leur donner une chance, et pour s'en donner une de vivre pleinement. C'était lui qui l'avait tirée de sa torpeur, alors ce n'était pas le moment de faire demi-tour !

Elle prit donc une profonde inspiration puis entra dans l'ascenseur. Les étages défilèrent jusqu'au vingt-cinquième. Les portes s'ouvrirent.

— Puis-je vous aider ? demanda une réceptionniste à la voix chaleureuse.

— Je suis venue voir Cole Abbott.

— Votre nom, s'il vous plaît.

— Brooklyn Graves.

— Vous n'avez pas de rendez-vous, je vois. M. Abbott est en réunion, mais je vais l'avertir. Si vous voulez bien attendre.

Brooklyn s'assit dans un fauteuil, sa petite valise à ses pieds. Soudain toutes ses angoisses revinrent l'assaillir. Et s'il ne voulait pas la voir ? Mais Raelynn avait été formelle. Il voudrait. Malgré leur différence de style de vie, ils avaient beaucoup en commun. Elle espéra qu'elle avait raison et afficha un air assuré.

L'attente fut courte. Cole surgit d'un couloir. Leurs regards se rencontrèrent et, ainsi que Raelynn le lui avait dit, son visage s'illumina en la voyant.

— Toi ici. Je n'arrivais pas à le croire en recevant le message.

Les genoux tremblants, Brooklyn se leva.

— Je ne veux pas interrompre ta réunion, je peux attendre.

— Pas question. J'ai déclaré une pause jusqu'à cet après-midi. Viens avec moi.

Elle le suivit dans son bureau de la taille de son séjour, sa cuisine et son entrée réunis. Tout y était dans un ordre rigoureux : d'un côté la partie travail, de l'autre un canapé et deux fauteuils disposés autour d'une table basse. Au mur, de grands tableaux modernes et, face à elle, une immense baie vitrée qui donnait sur l'Hudson en contrebas.

— Quel superbe bureau. En plus, tu as une vue magnifique.

— Tu es surprise ?

— Oui et non. En fait je ne connais New York qu'à travers les films.

Cole sourit.

— C'est si bon de te voir.

Brooklyn sentit sa gorge se serrer, mais n'eut pas le temps de parler car aussitôt le sourire de Cole disparut tandis qu'il demandait :

— Que fais-tu ici ?

Soudain, face à cette question, les mots de son petit discours soigneusement préparé s'envolèrent, la laissant sans voix.

— Quelque chose ne va pas ? Qu'est-il arrivé ?

L'objectif de son voyage lui revint d'un coup, et la parole avec. C'était quitte ou double, or elle n'était pas venue de si loin pour abandonner si près du but.

— Non, rassure-toi, rien de tel, répondit-elle très vite. À Bellwether, je n'ai pas pu accepter ton offre car elle signifiait renoncer à ma petite vie tranquille si sécurisée. Je sais, c'est ridicule, mais…

Cole la rejoignit en deux enjambées et lui prit les mains.

— Cela n'a rien de ridicule. Un événement traumatisant t'a poussée à rechercher la sécurité. J'en ai fait autant. Après la mort de mon père, je me suis immergé dans le travail jusqu'à en perdre la santé. Après avoir remonté la pente, je pensais avoir trouvé mon équilibre, puis tu es arrivée dans ma vie, m'as appris à apprécier une existence simple, à voir la beauté de petits riens, à estimer ce que l'argent ne pouvait acheter. Tu m'as fait tellement de bien. Comment voulais-tu que je ne tombe pas amoureux de toi ?

L'anxiété de Brooklyn s'était apaisée, pourtant son cœur battait à tout rompre. Cette fois, cependant, c'était l'espoir qui l'emballait.

— D'après Raelynn, en dépit de nos modes de vie si différents, nous nous ressemblons. J'ignore encore comment m'adapter à ton monde – je n'y réussirai d'ailleurs peut-être jamais – mais je veux essayer. Depuis cette agression, je n'ai fait que me contenter d'exister. Avec toi, je me sens formidablement vivante. Aussi, je suis venue voir si tu étais toujours prêt à nous donner une chance. Il te faudra toutefois être patient avec moi.

— En es-tu certaine ?

— Je suis montée dans un avion et j'ai affronté la capitale américaine pour venir te voir. N'est-ce pas là une preuve suffisante ? Et, oui, j'ai peur. Car c'est la première fois que je me lance dans une telle aventure. Je me suis même coupée de mes parents, de mon frère et de ma sœur depuis mon agression or, même si j'aime mon travail, être isolée de tout le monde sur l'île me pèse parfois.

— Je comprends. Moi aussi j'aime mon métier, mais être seul ôte de la saveur à tout ce que l'on fait. Dès que je suis avec toi, Brooklyn, tout devient plus lumineux. Je t'aime. Vraiment.

— Je t'aime aussi, Cole. Et je suis prête, malgré ma peur, à essayer une autre vie.

Il la serra contre lui, puis murmura contre ses cheveux :

— Tu m'as tellement manqué.

— Tu m'as affreusement manqué aussi. Je me morfondais tout en tentant de me persuader que refuser ton offre avait été la bonne décision. Raelynn m'a ouvert les yeux, mais n'a pas eu beaucoup de mal à me convaincre.

— Rappelle-moi d'augmenter son salaire.

— Je le ferai. Dan et elle gardent Marvin en mon absence. Ils sont vraiment formidables.

Un grand moment de tendresse s'ensuivit dans la joie des retrouvailles. Lorsque Cole la lâcha, Brooklyn crut bon de préciser :

— Je veux cesser d'avoir peur, m'intégrer à ton monde et te rendre fier de moi, cependant, je ne veux pas m'y perdre. Tu comprends ?

— Bien sûr. J'ai un secret dont je n'ai parlé à personne. Quand j'ai eu ma dépression, j'ai vu un thérapeute qui m'a aidé à sortir de l'abîme. Si tu le souhaites, tu peux te faire aider. Tes peurs sont valides, mais tu n'as pas à les affronter seule.

Brooklyn hocha la tête, touchée.

— Je suis prête à reprendre une thérapie. La mienne a été trop courte pour être efficace.

— Je serai à tes côtés tout du long. Maintenant, pour être franc, si tu n'étais pas venue, j'avais l'intention de retourner te voir sur l'île. Je suis toutefois heureux que tu m'aies devancé.

Il la fit s'asseoir sur le canapé avant de poursuivre.

— Si Marvin ne te manque pas trop, j'aimerais que tu passes une ou deux semaines avec moi ici, puis nous rentrerons ensemble car ma mère va se remarier et a accepté de venir au manoir avec l'homme de sa vie.

— Ils vont faire leur lune de miel en novembre en Nouvelle-Écosse ?

Brooklyn mima un frisson. Cole rit.

— Non, ils resteront seulement quelques jours. Après, ils s'envoleront pour l'Italie.

— Ce nouvel homme te plaît ?

— Oui. En fait je l'ai toujours connu. C'est une longue histoire qui explique beaucoup de choses sur mon enfance. Maman m'a parlé ouvertement pour la première fois de ma vie. Cela m'a permis de me débarrasser de mon ressentiment. De ce moment, tu m'as encore plus manqué. Je t'aime tant, Brooklyn. Un avenir merveilleux nous attend.

— Plus merveilleux que je ne l'aurais cru possible.

15.

En mai, sous un soleil éclatant, au son du piaillement des mouettes, Brooklyn s'engagea pieds nus sur le sable, tenant un petit bouquet de roses naines, de marguerites et de gypsophile. Un léger vent soulevait ses cheveux laissés libres. À son doigt brillait sa bague de fiançailles, un éblouissant saphir de deux carats monté sur un anneau incrusté de diamants.

C'était la première fois qu'un mariage avait lieu sur l'île.

Cole, debout sous l'arche à côté de l'officiant, l'attendait, un sourire heureux aux lèvres, superbe dans un costume au beige très pâle assorti à celui de la robe de Brooklyn.

Allison Mowbry l'avait aidée à organiser la cérémonie. Toutes deux s'étaient parfaitement entendues dès leur première rencontre.

En descendant l'allée délimitée par les chaises, Brooklyn sentit son cœur s'emballer. Tous ses êtres chers étaient réunis. Sa famille, Jen et Delilah, Allison et son nouveau mari Edward, Branson et sa jeune épouse enceinte de leur premier enfant, Tori accompagnée de Jeremy et Rose, ainsi que Dan, qui tenait Marvin en laisse, et Raelynn.

Dès l'instant où elle se trouva face à Cole, tout disparut aux yeux de Brooklyn. Il n'y eut plus qu'eux, s'unissant l'un à l'autre à jamais.

Branson et Raelynn, leurs témoins, les encadrèrent. Leurs vœux prononcés, Cole glissa une alliance au doigt de Brooklyn. À son tour, elle lui passa alors un anneau en platine, puis ils s'embrassèrent sous les applaudissements de leurs invités et un aboiement de Marvin.

La cérémonie était très simple. Tous deux l'avaient voulue ainsi. En revanche, Cole avait tenu à faire venir un traiteur de New York afin que Raelynn puisse participer à la fête.

Les tables étaient dressées sous de grandes tentes blanches sur la pelouse.

Après la traditionnelle séance de photos dans le jardin, le cocktail commença. Le champagne qui coulait à flots était accompagné de canapés dignes d'un restaurant étoilé. Le chef leur avait concocté ensuite un dîner tout aussi parfait. Une bisque de homard suivie d'un filet de bœuf aux petits légumes, de fromage et d'un gâteau de mariage à la crème et aux fraises de saison.

Cole ne quitta pas un instant Brooklyn. Elle ne s'était jamais sentie aussi aimée.

Le dîner terminé, Cole et Brooklyn s'éclipsèrent pour se changer. Leurs invités devaient passer la nuit dans les confortables chambres du manoir, mais eux partaient.

Dans ces circonstances plus heureuses que celles de leur premier vol ensemble, Dave pilota l'hélicoptère jusqu'au petit aéroport de Liverpool. Là, un avion privé les attendait pour les emmener sur Martha's Vineyard, où ils devaient passer une semaine, seuls loin de tous.

Dès qu'ils eurent décollé, Brooklyn s'endormit, la tête posée sur l'épaule de Cole.

— Tu as bien fait de te reposer, déclara-t-il comme elle ouvrait les yeux au moment de l'atterrissage, car je te veux en forme pour notre nuit de noces.

Une douce chaleur lui monta aux joues. Elle lui adressa un sourire malicieux. En plus du plaisir attendu, Cole allait avoir une surprise des plus inattendues. Brooklyn lui avait prévu un cadeau de mariage très particulier.

Elle patienta cependant jusqu'à leur arrivée à l'hôtel.

Cole avait réservé la plus belle suite. Décorée dans des

tons dégradés de bleu, c'était une oasis de paix. La brise fraîche venue de l'océan soulevait les rideaux de la fenêtre entrouverte devant laquelle, sur une table, une bouteille de champagne attendait dans un seau à glace d'être débouchée. L'endroit idéal pour passer leurs premières nuits de couple.

Cole se débarrassa prestement de sa veste puis ôta sa cravate et défit les premiers boutons de sa chemise. Même dans son pantalon froissé, il était séduisant à souhait. Sans nul doute, ils allaient profiter du grand lit à baldaquin qui trônait face à la mer.

Comme s'il avait deviné ses pensées, il traversa la pièce pour la prendre dans ses bras et l'embrasser. Au moment où il voulut faire glisser la fermeture Éclair de sa robe, elle lui posa les mains sur le torse.

— Attends, mon chéri, j'ai un cadeau pour toi. J'ai attendu toute la journée que nous soyons seuls pour te le donner.

Cole haussa les sourcils.

— Porterais-tu de la lingerie coquine sous cette robe ?

Un rire joyeux échappa à Brooklyn.

— Oui, mais il s'agit d'autre chose.

Elle alla alors prendre dans la poche extérieure de sa valise une grande enveloppe kraft scellée.

— Qu'est-ce que c'est ?

— Ouvre et regarde.

Cole s'assit au bord du lit, puis fit sauter le sceau. En découvrant l'intitulé du premier feuillet, il leva un regard surpris vers elle.

— C'est l'acte de propriété de ta maison et du terrain.

— En effet, mais maintenant c'est notre maison et notre terrain si tu veux bien signer le dernier feuillet.

— Je ne peux pas faire ça. Cette propriété t'appartient. Elle est dans ta famille depuis des générations.

Brooklyn s'assit à côté de lui.

— Mon chéri, depuis aujourd'hui, tu *es* ma famille.

À présent, l'île entière n'a comme auparavant plus qu'un propriétaire. Un couple qui l'aime et prendra soin d'elle.

Au cours des six mois précédents, Brooklyn avait découvert l'ampleur de son amour pour Cole. Et du sien pour elle. Il y avait bien sûr eu des moments où elle s'était demandé si elle parviendrait à gérer la vie à New York et les obligations mondaines liées au statut de Cole, mais petit à petit elle s'était adaptée. Elle avait aussi commencé une sérieuse thérapie destinée à l'aider à surmonter ses peurs au lieu de les fuir.

L'île resterait leur endroit privilégié, celui où ils s'étaient rencontrés et étaient tombés amoureux. Ce serait leur domicile de vacances, le lieu où ils se retireraient lorsqu'ils auraient besoin d'un refuge loin du monde. Un jour, leurs enfants y joueraient sur la plage, y ramasseraient des morceaux de bois flotté, iraient pêcher avec leur père.

— Mon amour, les mots me manquent. Merci pour ta confiance et de partager ce lieu si cher à ton cœur avec moi.

— J'ai pensé que nous pourrions laisser la ferme à Dan et Raelynn s'ils en ont envie. Ainsi que tu l'avais prévu à l'origine.

— En es-tu sûre ? Tu as tant de souvenirs dans cette maison. Tu ne voulais pas la céder, même pour deux millions de dollars et tu es prête à… me la donner.

— Pour la bonne raison que je possède désormais quelque chose qui a beaucoup plus de valeur que cette somme, murmura-t-elle en se blottissant contre lui. J'ai ton cœur. Je ne peux lui donner aucun prix car il vaut bien trop.

Cole laissa glisser enveloppe et feuillets au sol et serra Brooklyn dans ses bras.

— Je vous aime éperdument, madame Abbott.

— Et je vous adore, monsieur Abbott. À présent, afin d'entamer notre lune de miel dans les règles de l'art, que dirais-tu de boire une coupe de champagne pour fêter cette journée ?

— Vos désirs sont des ordres, madame.

Vous avez aimé *La mariée de Bellwether* ?
Retrouvez en numérique l'intégrale de la série de Donna Alward :

1. *Un Noël avec lui*
2. *La belle et le solitaire*
3. *La mariée de Bellwether*

Retrouvez prochainement,
dans votre collection

AZUR

Le cheikh aux deux secrets, de Marcella Bell - N°4565

Que dire à un prince qui vous demande en mariage dès la première rencontre ? Rita a beau être une talentueuse ingénieure, elle n'en a aucune idée. Pourtant, parce qu'il s'agira, entre Jahangir et elle, d'une union de convenance lui garantissant une fabuleuse opportunité professionnelle, elle accepte de le suivre dans son royaume du désert. Et bientôt, dans ce cadre enchanteur, elle découvre entre les bras de Jag la passion – et ses conséquences…

Un bébé royal, de Jadesola James - N°4566

Kemi est une princesse, la fille gâtée de l'Oba de Gbale. Mais cette vie privilégiée a un coût : celui de sa liberté… Alors qu'elle échappe un soir à la vigilance de ses gardes du corps, elle rencontre un homme envoûtant. D'un seul regard, Luke Ibru la séduit. Un baiser brûlant, et il la conduit à partager avec lui une nuit de passion. Une nuit qui se solde par une conséquence royale : bientôt, Kemi se découvre enceinte de son mystérieux amant…

L'enfant d'un ténébreux milliardaire, de Heidi Rice - N°4567

Jack Wolfe incarne tout ce que Katherine déteste : arrogant et impitoyable, le ténébreux milliardaire n'hésite pas à user de son pouvoir. Hélas, bouleversée par les émotions et le désir qu'il fait naître en elle, Katherine succombe à cet homme au lieu de le fuir. Pire encore, sitôt qu'elle révèle à Jack qu'un enfant naîtra bientôt de leur nuit passionnée, celui-ci lui propose un mariage de convenance…

Le retour de Valentin Silvera, de Jackie Ashenden - N°4568

Voilà quinze ans que tout le monde me croit mort. Si j'ai disparu pour échapper à la tyrannie familiale, je suis prêt aujourd'hui à revendiquer mon nom, Valentin Silvera, et l'héritage qui m'est dû. Parmi ce qui m'a été arraché, mon bien le plus précieux n'est autre que la délicate Olivia Wintergreen, mon amour de jeunesse et l'actuelle fiancée de mon détestable frère jumeau. Or j'en fais le serment : cette femme que je n'ai jamais oubliée sera bientôt mon épouse…

La comtesse de Venise, de Kate Hardy - N°4569

Bien qu'elle soit une comtesse vénitienne, Serafina Ardizzone est ruinée. Comment dès lors empêcher le *palazzo* dont elle est l'héritière de tomber en ruine ? Résolue à sauver ce joyau familial, elle demande au célèbre architecte Gianni Leto de le restaurer. Pour le convaincre de prendre en main ce projet d'envergure, elle n'hésite pas à l'inviter à passer chez elle une semaine. Sept jours et sept nuits inoubliables en Italie…

Le prince de la Saint-Valentin, de Cara Colter - N°4570

Erin n'a qu'une envie : se réfugier seule au *Snow Daze*, le chalet montagnard où elle a vécu tant de moments heureux. Là, elle l'espère, elle pourra se remettre de l'abandon de son fiancé. Mais une tempête de neige fait rage dehors, et la voilà contrainte d'offrir l'hospitalité à un skieur imprudent. Un homme d'une beauté renversante avec lequel elle passe la nuit… Quelle n'est pas sa stupeur de découvrir le lendemain que son amant, Valentino de Oscaro, est un prince !

La belle et le millionnaire, de Rachael Stewart - N°4571

Tandis qu'elle débarque sur la plus belle des îles grecques, Catherine retient son souffle. La crique nichée au pied d'une falaise blanche tranche avec le bleu de la mer… et c'est là, dans ce cadre enchanteur, qu'elle va passer un mois ! Quel meilleur endroit pour oublier la pression qu'elle subit à Hollywood ? Seule ombre au tableau : le propriétaire des lieux, Alaric de Vere, loin d'être impressionné par ses allures de star, la considère plutôt comme une intruse…

Libre d'aimer, de Pippa Roscoe - N°4572

SÉRIE : *LE ROYAUME DE SVARDIA* - 2/3

La princesse Marit a toujours été la rebelle de la famille, et elle apprend avec désespoir qu'elle doit maintenant jouer un rôle de premier plan au palais de Svardia. Dans une ultime révolte, elle s'enfuit à Paris. Hélas, Lykos Livas, envoyé par le roi lui-même, l'y retrouve sans tarder ! Avant de la ramener dans le droit chemin, cet homme mystérieux accepte toutefois de l'escorter pendant quelques jours pour une escapade en Europe. Une folle parenthèse où se mêleront bientôt liberté et passion…

Le baiser d'un play-boy, de Carol Marinelli - N°4573

SÉRIE : *LES BEAUTÉS DE SICILE* - 2/2

En raison de son douloureux passé d'orpheline, Béatrice a érigé une muraille autour de son cœur. Pas question pour elle de souffrir à nouveau : sa vie est désormais centrée sur son travail de conseillère spéciale de Son Altesse Royale Julius de Bellanisia. Une tâche loin d'être facile ! Chargée de redorer l'image du prince avant que celui-ci devienne roi, la voilà contrainte de côtoyer ce play-boy invétéré jour et nuit, tout en résistant au charme qu'il exerce sur elle…

L'honneur d'un Australien, de Kelly Hunter - N°4574

Sept ans plus tôt, Judah Blake s'est accusé d'un crime qu'il n'avait pas commis pour innocenter la douce Bridie. Aujourd'hui qu'il est de retour chez lui, dans l'Outback australien, il est bien décidé à retrouver sa vie – ou ce qu'il en reste. Peu importe qu'il ait été pendant un temps considéré comme un paria, ses milliards ont suffi à redorer son image. Et c'est fort de cette aura de puissance qu'il compte revendiquer ce qui lui revient de droit : ses terres, dont il a été injustement spolié par la femme qui a ruiné sa vie…

L'ivresse d'une nuit, de Kate Hewitt - N°4575

Abigail est stupéfaite. Devant elle se tient l'homme dans les bras duquel elle s'est abandonnée, six mois plus tôt, alors qu'elle se trouvait à Paris pour une série de concerts. Un homme qui l'a quittée au petit matin, sans même avoir la courtoisie de lui donner son nom. Malgré l'émotion qu'elle ressent en revoyant son amant d'une nuit, Abigail se jure aussitôt de résister, cette fois, à son charme ensorcelant. Pas question de le laisser la blesser de nouveau. Mais bientôt un doute s'impose à elle : et si cette deuxième rencontre n'était pas seulement le fruit du hasard ?